バンブーフォレスト従業員ユーダム、
まさかのスパイ!?
「間違いないネ。お金か何か貰って、
情報を流しているだけ、と思います」
神達に拾われた男 11

ウィリエリス
竹林竜馬
セーレリプタ

グリンプ
キリルエル
フェルノベリア
九柱の神様が集う場に呼ばれた竜馬に
さっそく寄りかかってきた神様は——？

この日の彼らの衣装には、
それぞれ大粒の真珠を用いたアクセサリーが付いている。
それらも彼らの立居振る舞いと共に注目を集め、
会場に集まる貴族達やその子女達の間にざわめきが広まる。

神達に拾われた男

11

The man picked up
by the gods

Roy

CONTENTS 11

The man picked up by the gods

illustrator：りりんら

7章21話　変わりゆく日々

次の日。

朝からどんよりとした曇《くも》り空《ぞら》と、吹《ふ》き荒《あ》れる冷たい風の中。一日の仕事や連絡事項《れんらくじこう》を確《かく》認《にん》するため、警備会社に出勤。

すると最初の連絡事項は、セルジュさんから届け物を預かっているという話だった。

「こちらがお届け物です。中身はリョウマ様が以前注文した魔法《まほう》道具だと聞いています」

メイドのリリアンさんが持ってきてくれたが、魔法道具は最近色々と頼《たの》んでいるから、心当たりが多すぎて分からない。

箱を開けて確認してみると、中身は日本ではよく見た〝圧力鍋《あつりょくなべ》〟だった。

「あっ、できたんだ」

これはだいぶ前から魔法道具職人のディノームさんに依頼《いらい》していたもの。

そして、密閉の加減や強度、安全弁など初めての部分が多く、時間がかかると言われていた。

それがとうとうこの手に！

「しかも、最高のタイミングで来たなぁ」

最近、本格的に寒くなってきたし、色々と作るのに〝圧力鍋があったら……〟と思うことが増えてきていたところだった。

このタイミングで完成させてくれたディノームさんには感謝である。

「あら？　リョウマ様、箱の底に手紙が入っていました」

「ありがとうございます………？」

「何かありましたか？」

「初めて作ったものなので、使ったら使用感や改善点などを教えて欲《ほ》しいそうです。あと、素材として提供していた〝ゴム〟がもっと欲しいと。そういった諸々《もろもろ》のことで話があるので、時間がある時に、いつでもいいから顔を見せにきてくれと書いてありますね。内容は別に変ではないのですが、いつになく書き方が丁寧《ていねい》なので……」

ディノームさんとは主に調理に関した魔法道具の件でよく手紙のやり取りをしている。彼《かれ》は意外と筆まめだし、普段《ふだん》は雑とかそういうことはないのだけれど……製品の機密に関《かか》わる内容は手紙に書けないだろうし、そういうことだろうか？

「特に急ぐ必要はないみたいですし。だけど、予定を見て、なるべく近いうちに顔を出そ

う と思います」

「かしこまりました。こちらでも時間を作れるように調整いたします」

「ありがとうございます」

続けて出てきたのは、そこそこの厚さの書類の束が２つ。

「〝建築部門〟と役所からの報告です」

「なるほど……」

建築部門とは、現在分業制になっているスラム街の区画整理を任せている人々のこと。

その中心は、俺《おれ》が最初に〝子供の家〟を解体した日に、ゼフさんが集めてくれた経験者30人。

30人には解体した子供の家の再建を手伝ってもらいながら、俺の〝魔法によるPC工法に似た建築方法〟を直接指導し、〝組み立て作業〟に重点を置いて作業に慣れてもらった。

そして今では5人ずつのチームに分かれ、現場監督《かんとく》や責任者として、新たに労働者から雇用《こよう》した作業員を率いて、スラム街の区画整理に従事してもらっている。

新しく雇《やと》い入れた新人さんも、やっぱり俺みたいな子供があれこれ命令するより、それなりの年齢《ねんれい》の相手に指示される方が、変に気を遣《つか》わなくていいだろうからね。

「……建築部門の作業は順調。今着手している仕事は予定通りに終わる見込《みこ》み……なら今日の午後にでも次の作業場所の用意をして……役所の方で路上生活者の誘導《ゆうどう》と住宅の割り当てが進んでるみたいだし、希望も来てるからそっちの住宅を優先するか？　場所もあるし」

用意してあった別の紙に提案するスケジュールをまとめて、建築部門と役所の担当者に確認を取ってもらう。これでＯＫが出たら古い建物の解体、基礎《きそ》工事、再建に使う建材の用意は俺が魔法で一気に片付ける。

こうして分業制にすることで、スラム街の区画整理と建物再建はかなりのハイペースで進行中。

この季節はこれからもっと寒くなるし、雨や雪がとても多くなるのが、このあたりの気候。下手《へた》に外で寝《ね》たら凍死《とうし》してもおかしくないので、作業員の皆《みな》さんには無理のない範囲《はんい》で、どんどん作業を進めてほしい。

「これでよし、と。この手紙をよろしくお願いします。

あと、とりあえず急を要する用件はないみたいなので、予定通り午前中は冒険者《ぼうけんしゃ》ギルドへ、打ち合わせに行ってきますね」

「いってらっしゃいませ」

ということで、再び寒い街を駆《か》け抜《ぬ》けて、冒険者ギルドへ向かう。

……最近はこうして俺があちこちへ行く用事も減ってきた。

今日もこうしてギルドに向かってはいるが、打ち合わせが終われば後は自由。

先ほど入った建築関係の仕事を午後に行うとしても、昼は何も用事がないのだ。

おそらく、もうしばらくすると俺の仕事は最低限になり、一日のほとんどを勉学や鍛錬《たんれん》といった自己強化に使うことができるようになるだろう。

それはそれで嬉《うれ》しくは思うけれど、同時に忙《いそが》しくも楽しい祭りが終わりかけているような、若干《じゃっかん》の寂《さび》しさも感じる……

これも一種のワーカホリックというやつなのか、と考えていると冒険者ギルドに到着《とうちゃく》。

そして扉《とびら》を開けた途端《とたん》に、

「んだとテメェ！」

「あぁん⁉　なんか文句あんのか⁉」

「ギャンギャンうるせぇんだよ！」

「やるか⁉」

「上等だァ！」

聞こえてきたのは、男達《おとこたち》の怒声《どせい》。

どうやらガラの悪い集団同士が言い争いを始めたようだ。

数人の受付嬢《うけつけじょう》とギルド職員の男性が慌《あわ》ただしく出てきて間に入るが、片方は人族、もう片方は獣人族《じゅうじんぞく》の若者達で、どちらも6人ずつの12人。全員男性。

数人の職員が必死に制止の声を上げても多勢に無勢で、今にも殴《なぐ》り合いが始まりそう――

「ギルドの中で大騒《おおさわ》ぎしてる馬鹿野郎《ばかやろう》共はここかー⁉」

――だと思えば、ギルドの奥《おく》から低く怒《いか》りのこもった声が響《ひび》いた。

集団が壁《かべ》になっていて姿は見えないが、ギルドマスターのウォーガンさんが来たのだろう。

「うっ」

「チッ、元Sランク様かよ」

「フン……」

つい先ほどまで、ギルド職員の制止も関係ないとばかりに争いを続けていた集団が、あっという間に静かになってしまった。

「おう、さっきまでの威勢《いせい》のいい声はどうしたよ？　言いたいことがあるなら言ってみな」

「別に、なんでもねぇよ」

「ちょっとした世間話だ」

ギルドマスターの睨《にら》みが利《き》いたようで、双方《そうほう》はそれぞれ言い訳を口にし始めた。

どうやら彼らはギルドマスターに逆らうほど向こう見ずでも、肝《きも》が据《す》わってもいないらしい。

しかし、若者達の顔には不満の色がありありと浮《う》かんでいる。

年頃《としごろ》は……全員大学生くらいに見えるので、二十歳《はたち》前後かな？

一方、そんな彼らを見たウォーガンさんはため息を吐《つ》いて、

「お前ら、明日からこの時間にギルドに来い。罰《ばつ》として当分、監視《かんし》の下《もと》で雑用依頼をやってもらう。それが終わるまでは他の依頼を受けることも禁止だ」

そんな宣告をした。

「ちょっ、まだ何もやってないだろ！」

「そうだ！　勝手に決めんなよ！」

当然のように若者達からは不満の声が上がるが、

「そうか。不満があるなら明日は来なくていい。そして明日以降も二度と来なくていい！　ギルドマスターの権限で、お前達の冒険者資格を剥奪《はくだつ》！　ギルドから除名する！」

ギルドマスターは怯《ひる》むことなく、ギルドからの除名を突《つ》きつける。

「お、横暴だ！」

「そうだそうだ！」

「やかましい！　これは決定事項《じこう》だ。明日までに、お前らがこれまでにやってきたことを考えてみろ。それでも文句があるのなら、いま言った通り、二度とギルドに来なくていいからな。今日のところはとりあえず帰って、大人しくしてろ」

一際恐《ひときわおそ》ろしい剣幕《けんまく》で彼らに釘《くぎ》を刺《さ》して、話を終わらせた。

そして完全に腰《こし》の引けた男達が後ずさったところで、

「ん？　あ！　リョウマ来てたのか！」

視線を遮《さえぎ》る人がいなくなり、今気づいたとばかりに、笑顔《えがお》で声をかけてきた。

さっきの今なので、当然のようにギルド内にいた人の視線が俺に集中する。

「おはようございます。たった今来たばかりです」

「そうか。呼びつけといて悪いが、もう少し待ってくれ。部屋の資料を片付けてくるからよ」

ギルドマスターともなれば、外部の人間には見せられない資料なども取り扱《あつか》っているのだろう。

問題ない、呼ばれるまでここで待つことを伝えると、彼はまた奥へと戻《もど》っていった。

そして同じく受付から出てきていた受付嬢さんや、他の職員さんもそれぞれの持ち場へ。

こうしてギルドの様子が通常状態に戻る経緯《けいい》を眺《なが》めながら、適当に時間を潰《つぶ》そう……と

思っていると、

「なんだあのガキ」

「知らねぇよ」

「いつから冒険者ギルドはガキの遊び場になったんだ?」

「ギルドマスターが呼び出したとか言ってたし、冒険者なんじゃないか? 丸腰《まるごし》だけど」

「なら、なにか失敗でもしたんだろ。それで仕事を止められたから、装備もしてないとか」

「それにしちゃ随分《ずいぶん》と、にこやかじゃなかったか? ギルドマスター」

先程《さきほど》のやり取りを目撃《もくげき》していた人族の不良集団から、不躾《ぶしつけ》な視線と不穏《ふおん》な会話が聞こえてくる。

おっと、

「あの2人、随分と親しそうだったな」

「しかもあいつ、ずいぶんいい服着てやがる」

「特別に楽で儲《もう》かる仕事をもらってるんじゃないか?」

「えこひいきかよ、気にいらねぇなぁ……」

「俺らにゃ理由をつけて仕事を奪《うば》ってくくせにな」

「おかげで全然ランクが上がらないぜ」

獣人族の不良集団も、こちらを見て勝手な想像を広げて、不平不満を口にしている。

これはちょっと、面倒《めんどう》なことになるかも？　あの様子だと〝これからの話〟にも関係していそうだし……

「リョウマ君、ギルドマスターが準備できたそうよ」

「ありがとうございます。今行きます」

ギルドの受付嬢であり、いつもお世話になっているメイリーンさんに呼ばれ、ギルドマスターの部屋へ向かう。

「待たせたな」

「いえいえ、大丈夫《だいじょうぶ》ですよ。騒動《そうどう》も見ていましたし」

手でそこに座《すわ》れと指示されるがままに、来客用のソファーに座りながら、先ほどの件を報告する。

「そうか……ったく、本当に仕方のない奴《やつ》らだな」

「目をつけられたかどうかはまだ分かりませんが、少なくとも記憶《きおく》には残ったでしょう。で、その仕方のない奴らの目の前で声をかけて、僕《ぼく》を目立たせたのはわざとですよね？　一体何を考えているんですか？」

気のせいでなければ、あの時の笑顔は単純に顔が怖《こわ》いというだけではなく、悪い表情だった。そして、それを指摘《してき》した今も……

「今日お前さんを呼んだ理由は分かってるだろ？」

「街中の排水溝掃除《はいすいこうそうじ》の件ですよね？」

事前に聞いている内容をまとめると、

・これから先、この辺の地域は雨や雪の日が続く季節になる。

・街中に張り巡《めぐ》らされた道路の排水用の側溝《そっこう》を一度清掃《せいそう》・総点検する依頼がある。

・清掃作業には一部の不良冒険者を参加させ、罰として手伝わせる。

・作業当日はギルドマスターや信頼《しんらい》できる冒険者が不良冒険者の監視員《かんしいん》を務める。

・監視員として俺も手伝うので、この件についての打ち合わせを行う。

と、俺が聞いているのはここまでだけど、

「さっき明日からのことを話していましたし、彼らが参加する不良冒険者なんですね？」

「あいつらだけじゃないけどな……聞いてるとは思うが、こっちも例の労働者流入でそれなりに大変なんだよ」

「心労が絶えませんね。ちなみにさっきの彼らは、どういう連中なんですか？」

「田舎《いなか》から出てきた奴の中に、たまにいる勘違《かんちが》い野郎《やろう》達だな。地元の小さな村とか集落で一番とか、そういう奴が、過剰《かじょう》な自信を持って街に出て来たわけだ」

「態度が悪いのは見ましたが、自信に実力が伴《ともな》っていないと」

「まぁ、地元で害獣《がいじゅう》退治をしていたようだし、その分の戦闘《せんとう》経験はあるんだろう。筋も悪くはない。自分の思い上がりに気づいて、真面目《まじめ》に鍛《きた》えればそれなりにはなると思うが、今のままじゃ夢のまた夢だな」

ここでギルドマスターは再びため息を吐いた。

「っと、悪いな。つい愚痴《ぐち》を言っちまった」

「気にしないでください。僕でよければ聞きますし」

「ははっ、んじゃ今度飲みにつきあえ」

「了解《りょうかい》です」

ギルドマスターの疲《つか》れた顔に笑《え》みが浮かび、やがて真剣《しんけん》な表情へ。

「話を戻すが、明後日《あさって》からの仕事には俺も参加するし、監視員も配置する。ただし、参加するのはあいつらと似たり寄ったりの連中だ。不満タラタラ、喧嘩《けんか》は当たり前。お前さんみたいなのがいたら、監視の目を掻《か》い潜《くぐ》って絡《から》もうとする奴が出てくる可能性は非常に高いと俺は考えている。

だからリョウマ、あいつらが今日の帰りや今後の仕事中に絡んできたらシメていい。むしろシメてくれ」

まさかの対応！

「どうせ遅《おそ》いか早いかの違《ちが》いさ。それに口頭での注意はもう何度もした。一発ガツンとやって、徹底的《てっていてき》に鼻っ柱をたたき折った方が連中のためだと俺は考えてる」

冒険者を辞《や》めたって、あのままならいずれ警備隊の世話になって豚箱《ぶたばこ》行きだろうからな……と、つぶやくように続けたウォーガンさん。

彼は顔は怖いけど、面倒見《めんどうみ》のいい人だ。しかしギルドマスターとしては、これ以上彼らに甘《あま》い処分はできないのだろう。

確かに口で言っても聞かなそうな連中だったたし、もう一度チャンスを与《あた》えるだけ温情か。

「……降りかかる火の粉《こ》を払《はら》うのは、当然のことですからね。問題もないでしょう」

「おう、そういうことで1つ頼む。今度奢《おご》るからな」

そこからは明日からの掃除を行ううえで、毎年の記録より優先順位の高い場所、時間のかかる場所などを把握《はあく》し、効率的なやり方やスケジュールについて話し合った。

「ここ数年の降雨量、積雪量の記録を見た感じだと、作業を急いだ方が良さそうですね」

「ああ、ここ数年は雨も雪もドカッと降るからな。押《お》し流《なが》された街中のゴミによる排水溝《はいすいこう》の詰《つ》まり。道路の冠水《かんすい》も頻発《ひんぱつ》してる。本格的に降り始める前には点検を終わらせたい。リヨウマと従魔《じゅうま》のスライム達にかなり頼《たよ》らせてもらうぞ」

「得意分野でもありますし、特に最近は色々とお世話になってますから大歓迎《だいかんげい》です。明後日からも、よろしくお願いしますね」

打ち合わせをした後はそのまま帰宅、

「っと、ちょっと待て」

しようとしたところ、待ったがかかる。

なにか話し忘れたことがあっただろうか？

と思っていると、

「お前さん、武器は持ってるか？　素手《すで》でもお前さんが連中に負けるとは思えんが」

なるほど、絡まれた時の話をしているのだろう。

今日は打ち合わせだけの予定だったので、スーツ姿。

鎧《よろい》や武器の装備はしていないように見えるが、

「お気遣《きづか》いありがとうございます」

大丈夫だと言いつつズボンのベルトへ手を伸《の》ばし、バックル部分の細工を掴《つか》むと、潜ませていたアイアンスライムを一気に引き抜く。

アイアンスライムは瞬時《しゅんじ》に鋭《するど》い刃《やいば》の形を取り、一振《ひとふ》りの刀として使える状態になった。

「お前さん、ベルトにそんなもん仕込《しこ》んでたのかよ」

「森にいた頃《ころ》は自分で獲物《えもの》の皮をなめして服を作ったりしていたので、この程度の細工は簡単にできますからね。あと、ご存知《ぞんじ》だと思いますがつい最近、少しばかり警戒心《けいかいしん》が暴走気味だった時がありまして、その時に少々」

インドには今もカラリパヤットという武術で使われている、薄《うす》く、柔《やわ》らかく、しなる伝統的な鉄の剣《けん》〝ウルミ〟が存在する。

また、中国にはまさに今俺が持っているような、ベルトに薄い剣を仕込んだ〝腰帯剣《ようたいけん》〟というものが存在したらしい。

アイアンスライムの体を構成する純粋《じゅんすい》な鉄は、金属としては柔らかく、本来なら刃物《はもの》には向かない。しかし〝粘《ねば》り強《づよ》い〟ため、薄く伸ばして腰帯剣やウルミを再現するには向いていた。

それでいてアイアンスライム自身が〝硬化《こうか》〟のスキルを持っていることと、必要であれば俺が気功のスキルで強化できるので、抜いた後は刀としての使用に問題もない。

非常に便利な武器であり相棒である。

「そういや公爵家《こうしゃくけ》から人が来るまでのお前さん、だいぶ張り詰めてたからな……もしかしてここ最近ずっと左腕《ひだりうで》に着けてる腕輪《うでわ》もその類《たぐい》だったりするか？　色気づいたのかと思ってたが、今思うとお前さんがそれを身に着け始めたのもあの頃だよな？」

流石《さすが》に鋭い。

ウォーガンさんが指摘した左腕の腕輪は、腕輪というアクセサリーっぽく見せかけた〝ワイヤースライム〟。金属製のロープが腕《うで》に巻きつく状態になっていて、いざという時は鎖《くさり》分銅のように使える。ちなみに飾《かざ》り石の部分が錘《おもり》。

他にも腕輪のまま防具代わりにしたり、誰《だれ》かを捕《つか》まえるためにロープの代わりにしたりと、色々と使える。これも便利なスライムである。

「他にもあるのか？」

「いえ、武器になるものはこの2種だけですね。防具としては服の下に強固な糸の防刃シャツを着ていますし、ズボンの下にも同じ素材のものを。靴《くつ》はスティッキースライムの硬化液板と鉄板を仕込んで、安全靴《あんぜんぐつ》化したものを履《は》いています」

ちなみに今後、警備会社の社員用装備や、建築部門やゴミ処理場などで働く人への作業着として、安全対策に使えるものは大量生産し利用する予定である。

「つまり、そう見えないだけでほぼ完全装備なんじゃねぇか」

「恥《は》ずかしながら、かなり取り乱してましたからね……今は落ち着いてますが、せっかくあるのに使わない理由もないので、なんとなく使ってます。まだまだ油断もできませんし」

「装備の心配がないことは分かったが、別の意味で心配になってきたな……」

呆《あき》れられてしまったが、この日はそれ以上の追求《ついきゅう》はなかった。

ギルドから出ると、やっぱりあの連中が露骨《ろこつ》にあとをつけてきたため、人気のない道に誘《さそ》い込《こ》み、特に問題なく成敗《せいばい》することに成功。

その後は明日からの仕事には必ず出るように話をしつつ、警備会社で強制的に治療《ちりょう》を受けさせて解放。

それ以外は特に問題もなく一日が終わり、次の日になり……5日後。

ギムルの街がある一帯には初雪が降り、人々に本格的な冬の到来《とうらい》を告げていた。

7章22話 初雪の朝

朝、肌寒《はださむ》さで目覚めて外に出ると、そこは銀世界だった――

「って、どこかの名作の書き出しみたいなこと言ってる場合じゃないや」

ここは俺の家であり、ギムルの街から北に数時間進んだところにある廃鉱山《はいこうざん》。

当然ながら俺以外に人間はいない。

よって外に降り積もった雪を取り除いてくれる人などいないのだ。

本日の積雪は見た感じ、5～6センチ。

昔、出張で訪《おとず》れた北海道の豪雪《ごうせつ》地帯のようではないけれど、十分、歩行の邪魔《じゃま》にはなる。

「こりゃ早く用意しないと、約束に遅《おく》れる……せっかくだし、アレ使ってみるか」

こういう状況《じょうきょう》のためではないけれど、用意していたものが使えるかもしれないと思い立ち、急いで出かける準備を整える。

そして30分後――

「と、とりあえず成功……」

俺はギムルの街の北門に近い森の中で、転んでいた。

「行ったことのある場所限定だけど、これなら楽に〝長距離転移《ちょうきょりてんい》〟が使える。転移直後には注意が必要だけど、雪が降っていても転移そのものに問題はないな」

今回行ったのは、以前から色々思うことがあって増やしている、ストーンスライムやウィードスライムの活用法の1つ。そしてある意味では先日のサンドスライムと砂魔法のような、スライムと魔法の組み合わせ。

……と言っても、具体的にやったことは、ストーンスライム1匹《ぴき》と当分の餌《えさ》用の石を森の中に置いておいたというだけなんだけども……

まず、空間魔法の転移には初級の〝テレポート〟、中級の〝ワープ〟、俺はまだ使えないが、上級の〝ゲート〟という魔法がある。

しかし以前、空間魔法の達人であるセバスさんは言っていた。これらは本質的には〝同じ魔法〟なのだと。ただ転移する距離《きょり》と消費する魔力《まりょく》量に違いがあるだけで、同じ要領で使えるのだと。

そしてセバスさんの指導の下、テレポートまでしか使えなかった俺は、中級のワープを習得した。

そうなると当然、考えるのは上級のゲートも習得できないか？　ということ。

しかし、肉眼では見えない場所まで転移する、というのは想像以上に難しかった。

以前の俺が転移できていた範囲は、テレポートで大体ほんの数メートルから数十メートル。ワープでも視界の限界ギリギリまで。無意識のうちに視界に頼りすぎていたのかもしれないが、俺は見えない場所には転移できなかった。

テレポートの要領で魔力を多く注《そそ》ぎ込み、指定した方向に転移するだけならできる気がしたけれど、それは危険だと判断してやめた。昔のゲームみたいに〝いしのなかにいる〟的なことになったら困るし、最悪死ぬだろう。

そこで考案したのが、今回使った〝事前に配置したスライムの下へ〟転移する方法。

従魔とは契約《けいやく》の効果により、ある程度離《はな》れていても意思疎《そ》通《つう》ができるし、意思疎通が不可能でも方向と距離は感じられるので、その感覚を頼りに転移すればいいと考えたわけだ。

イメージ的には、ゲームのマップから特定の場所に瞬間《しゅんかん》移動する機能が近いだろうか？

とにかくこれで一気に街の近くまで転移することができたし、通勤時間も大幅《おおはば》に短縮できた。

今後、更《さら》なる応用も考えられるし、朝から有意義だった。

そんなことを喜びつつ、北門へ向かう。

■■■

転移のおかげで時間があったので、予定を少々変更《へんこう》して洗濯屋《せんたく》へ寄り道。

すると道中で雪かきを始める人々の姿をあちこちで見かけたように、うちの店もまだ営業時間のだいぶ前にもかかわらず、従業員の皆さんが店の前に揃《そろ》っていた。

「おはようございまーす！」

近づきながら声をかけると、返事が一斉《いっせい》に返ってくる。

さらにその直後、

「店長、こんな朝早くにどうして」

カルムさんが驚《おどろ》いたように聞いてくるので、ここにいる理由を答える。

「初雪が降ったから様子を見に来たんですよ。雪が降った時の対応は事前に話し合っていたので、お任せしても大丈夫とは思いましたが、本来の予定まで時間があったので、関係各所を見て回ろうかと」

「いえ、そういうことではなく。この雪の中、北鉱山をいつ出たら今この時間にここにいるのかを聞きたいのですが」

あ、そうか。長距離転移のことを言わないと、朝のすごく早い時間に家を出たと思うか。

カルムさんの疑問を理解して、再度説明。

「ああ、よかった。てっきりまた無理かなにかしたのかと」

「いや、店長さんの歳《とし》で上級魔法って、結構無茶《むちゃ》な部類に入ると思うけど……」

うちに来てまだ日の浅いユーダムさんだけ困惑《こんわく》した顔をしていることに、懐《なつ》かしさを感じる。従業員の皆さんは俺の行動に慣れたようで、もう些細《ささい》なことは気にしないでくれるからね。

「おはよー！」

「ようリョウマ！」

おっと、お隣《となり》さんの一家だ。

「おはようございます！　皆さんも雪かきですか」

「こまめにやっておかないと危ないし、お客さんの入りも悪くなるからね！」

「うちの子達は大喜びみたいだけど、毎年大変なんだよ……」

肉屋のジークさんと花屋のポリーヌさんご夫婦《ふうふ》は、話しながら近づく足を止め、後ろへ目を向ける。そこでは彼らの息子《むすこ》と娘《むすめ》である、リックとレニが新雪に触《ふ》れてはしゃいでいた。

「ううっ！　はぁ、寒いねぇ……」

「あ、ジークさん。それならちょうどいい魔法が……『サンライト』！」

イメージを固めて魔法名を唱えると、数メートル頭上に光の玉が現れる。

そして光に照らされた体が、即座《そくざ》にじんわりと温まる感覚。

久しぶりに使ったけど、上手《うま》くいった。

「おお、ちょっと暖かいねぇ」

「光と火属性を組み合わせて、日光をイメージした魔法です」

光源を生むだけなら光だけで使える〝ライト〟もあるけれど、そちらはＬＥＤのように熱を伴わない。以前そこに疑問を持って、日光の暖かさの再現に挑戦《ちょうせん》して生まれた魔法。

これだけでも天気のいい日の日差しを浴びる程度には暖かくなるが、さらに防風や断熱の結界魔法を組み合わせると、光の熱でそこそこ広い空間を暖めることができるので、冬場の森では暖房《だんぼう》の代わりとして重宝していた。

「休憩《きゅうけい》用に何箇所《なんかしょ》か設置しておきますから、皆さん適度に温まってくださいね。体を冷やすとよくありませんから」

本当はもっと暖房に適した〝ハロゲンヒーター〟という魔法もあるが、こちらは下手をすると火傷《やけど》や火事を起こす可能性があるので、やめておく。

森の中でもよほど冷えの厳しい日でなければ、サンライトか焚《た》き火《び》で十分だったし、大《だい》丈夫《じょうぶ》だろう。

あとは、そうだ。防寒対策に作った手作りカイロがあったから、配っておこう。

「試作品なので、どうぞご遠慮《えんりょ》なく。あとで使用感とか聞かせていただけると助かります」

「ありがとうございます～」

「手先、足先が冷えるんだよね。暖めるのに便利そう」

反応を見る限り、手作りカイロは女性陣《じょせいじん》に好評のようだ。

フィーナさん、ジェーンさん、マリアさんの出稼《でかせ》ぎ3人娘に、料理人のシェルマさん。そしてリーリンさんも集まって、どこに入れておくのが一番いいかを話している。

一方、男性陣《だんせいじん》はあまりこだわりはないようで、受け取ってすぐ懐《ふところ》に入れていた。

「他にも色々と使えそうなものがないか、たくさん試作していますし、スライムの研究成果や応用なんか、考えられることはまだまだあります。ですので困っていたらいつでも声をかけてくださいね。僕としても試作品の試用をしてもらえれば助かるので」

多少の雪なら塩を撒《ま》いておけば、ある程度は積もるのを防止できる。しかし今後を考えると、錬金術《れんきんじゅつ》で塩化カルシウムなどの凍結防止剤《とうけつぼうしざい》や融雪剤《ゆうせつざい》を作っておくべきか？　塩害に注意が必要になるが、街中なら大丈夫か？　でも排水が周囲の環境《かんきょう》にどの程度の影響《えいきょう》を及《およ》ぼすかが分からないな。

それなら、アルコールの方が安全だろうか？　車のフロントガラスなどの凍結防止剤などの主成分として使われていたし、霜《しも》や薄い氷なら十分に溶《と》かせるはず。原料にはドランクスライムの吐くアルコールや失敗作のお酒が使える。

再凍結《とうけつ》の心配がない気温なら、シンプルにお湯や水をかけて溶かしてもいい。火と水の魔法を組み合わせれば熱湯は作れるし、風も加えて熱い蒸気を吹きかけることもできるだろう。

いや、魔法を使うなら氷属性で積雪の凝固点《ぎょうこてん》を低下させて溶かす方が効率的か？　逆に雪を氷の塊《かたまり》にして地面から剥《は》がし、塊のまま除去するという手もあり？

確か北海道には、井戸水《いどみず》や川の水を使った融雪《ゆうせつ》装置が設置されているところもあった。あれらを参考に何か道具を作るか、街の排水溝をそのように使えるように改造……はできないが、一時的にならスライム達に協力してもらえばそれらしく使えるかも。つい先日進化したスライムもいるし。

最近はスライムの進化についての条件がわかって来たというか、スライムを進化させるコツが分かってきた。

仕事は暇《ひま》が多くなり、ゴブリンを飼い始めて実験の並行作業もできるようになった。おかげでその分だけ色々できるし、研究もどんどん進む。

「店長……楽しそうだけど、時間、大丈夫か？　他にもどこか、見て回る予定だったのでは？」

「はっ！」

そうだ、他のところも見て回るなら、確かにドルチェさんの言う通りだ。

手伝いもできず申し訳ないが、ここで失礼させていただこう。

その旨《むね》を伝えて、立ち去ろうとすると、

「主殿《どの》」

店の守りを任せている、オックスさんが声を掛《か》けてきた。隣にはフェイさんもいる。

「私は剣を振《ふ》るしか能がない。が、何かできることがあれば声を掛けてくれ。私は一応、主殿の奴隷《どれい》なのだ。主殿が私をそのように扱わないのは分かっているが、再び剣を振れるようにしてくれた恩もある」

「無理するな、はもう皆から言われたと思うから……店主がいなくても店は我々で回るようにする。でも、本当にいなくなられては困る。店主は店に必要のない人ではないからネ。なにかあったら我々を呼ぶ、いいネ？」

そう言った2人の後ろで、頷《うなず》いている従業員の皆さん……

元々そのつもりだったけど、洗濯屋のことは安心して皆さんに任せられる。

それ以外となると、

「ありがとうございます。では、また今度、訓練の相手や試作品の試用をお願いします」

信頼できる従業員の皆に見送られ、今度こそ次の目的地を目指す。

■ ■ ■

街中の関係各所を見て回って、だいぶ日の昇《のぼ》ってきた頃。

こんどは冒険者ギルドへ向かう。

「ふぅ……」

警備会社やゴミ処理場、建築現場など色々と寄り道をしてきたが、その先々で知り合った方々から応援《おうえん》や声掛けをいただいた。

やはり、というか、なんというか……以前から子供が経営している店は珍《めずら》しかったのだろう。

洗濯屋のお客様、特に主婦の方々の間では、俺《おれ》はそれなりに有名だったらしい。

しかし、ファットマ領から帰ってきてからの俺は派手に動いて色々やった。

それに伴って、ギムルの街での知名度が跳《は》ね上がっているようだ。

最近は全く知らない人からも声をかけられるようになってきている。

特に多いのが〝排水溝掃除《はいすいこうそうじ》をしているところを見た〟という声で、感謝の言葉をいただいたり、見張りつつ一緒《いっしょ》に作業をしている不良冒険者に絡まれていないか？　とか、いじめられてないか？　とか心配していただいたり。常々思うが、ありがたい。

だけど、不良冒険者に関しては杞憂《きゆう》といっていいだろう。

なぜかというと――

「おはようございます」

『!!』

「せ、整列ーッ!!!」

『おはようございます！　兄貴！』

「あ、ああ……兄貴ではないんだけど……」

彼《かれ》らとの関係は、気づいたら変なことになっていた。

つーかこれだと、俺がヤクザみたいじゃないか……

7章23話 不良冒険者と

軽く挨拶《あいさつ》をしただけで、冒険者ギルド前で待っていた不良冒険者達《ぼうけんしゃたち》、総勢12人が整列。

そのまま勢いよく体を九十度に曲げて挨拶をしてきた。

街中でそんなことをしていれば、当然のように周囲の目が集まってしまう。

俺はその視線に気《き》後《おく》れしてしまい、頭を上げさせた彼らを連れて、急いで次の目的地であるダルソンさんのお店に向かった。

「おはようございます！」

「来たな。とりあえず入れ」

やっぱり表で雪かきをしていたダルソンさんに声をかけると、持っていた道具を雪の山に突き刺し、作業を中断して店に招き入れてくれた。

「ダルソンさん、商品を見せていただいてもよろしいですか？」

「おう、好きに見ていいぞ」

「ありがとうございます。では各自、自分の得意な武器を選んでください。ただ商品の扱《あつか》いは丁寧《ていねい》に」

『ウッス！』

「あと静かに」

『わかりました、兄貴』

気持ち小声の返事。やっぱりなんかアレだなぁ……

そんなことを考えていると、ダルソンさんが会計用のカウンターから声をかけてきた。

「リョウマ、あいつら最近噂《うわさ》になってた不良冒険者集団だろ？　ウォーガンから話を聞いたが、なかなか上手くやってるみたいじゃないか」

「そうでしょうか？　とりあえず反抗《はんこう》はしなくなりましたけど」

「反抗的《はんこうてき》で悪目立ちしてた連中が大人しくなったんだ、十分だろ。それに兄貴とか呼ばれてるじゃないか」

「いや、大人しいのは単に怖がられてるだけな気がしますが。あと兄貴というのは、僕のことを〝年上〟と思《おも》い込んでいるようで……ほら、大人でも子供みたいに見える種族もいるでしょう？」

「あー、分からなくもないな。お前、時々子供らしくないっつか、おっさん臭《くさ》いから」

「なっ⁉」

そんな、俺はまだピチピチの11歳なのに……って思うのも若干《じゃっかん》古いよな……

実際精神はおっさんの自覚があるし、強く否定できないのはそのせいだろう。

「しかし、何でまたあの連中に武器を？　今日の支払《しはら》いは全部リョウマがするんだろ？」

「実は彼らを任された初日に、彼らの持っていた武器を全部ダメにしてしまったので」

あの日、俺はあいつらを人目が届かない場所に誘いこんだ上で絡まれた。

そしてギルドマスターに言われた通り、徹底的に締《し》め上げたのだけれど、

「僕も結構挑発《ちょうはつ》したんですよ」

最初は素手で襲《おそ》ってきたのを撃退《げきたい》したのだが、彼らは思ったよりも頑固《がんこ》で、なかなか負けを認めなかった。

しかも〝まだ全力じゃなかった〟とか、口々に言い訳が出てくる始末だったので、何度も回復魔法《まほう》をかけて、彼らの言い分の通りに戦い、言い訳を1つずつ潰した。

「その過程で武器も使わせて、全部使い物にならなくしてしまって……武器は彼らの私物で、仕事道具でもありますからね。最初に絡んできたのは彼らだとしても、挑発して持ち出させて破壊《はかい》した以上、弁償《べんしょう》するのが筋かと」

「それにしたって、一緒に買いに来るか？　金だけ渡《わた》す奴が多いと思うが」

「ちょっと気になったこともあったので」

「気になること？」

「戦ってる最中になんとなく、彼らの持っていた武器が彼らに合っていないような気がしたんです。たとえば……」

ちょうど両手剣を選び終わった様子の1人が目に付いたので、呼んでみる。

「ベンノさん」

「はい兄貴！　なんでしょうか」

「その両手剣、前に使ってたのと似た感じですね」

「あ、はい。やっぱ前使ってたのに似てた方がいいかと思って、前のに近いのを」

「ちょっと構えてみてください。振らなくていいので」

そう言うと、彼はやや疑問を抱《いだ》いた様子ながらも、素直《すなお》に両手剣を体の前で構える。

しかし、その剣先《けんさき》は剣そのものの重みでわずかに揺《ゆ》れている。

加えて先日戦った時には、武器の重さに振り回されている印象があった。

「なるほどな、武器と体格が合ってないんだ。もう少し軽い両手剣にするか、両手持ちでも使えるロングソード、もしくは同じくらいの重さの鈍器《どんき》あたりに替《か》えるのを薦《すす》める。どうしてもそれを使いたいなら、せめてもう少し体を鍛えてからの方がいいな」

「だそうです」

「そうなんすか？」

「ダルソンさんは武具の専門家、そして冒険者としての大先輩《だいせんぱい》ですよ？　なんと言っても、元Sランク。皆《みな》さんも知ってる冒険者ギルドのギルドマスター、ウォーガンさんと一緒に活躍《かつやく》してた人ですから」

　俺がそう説明すると、目の前のベンノさんだけでなく、話を聞いていた他の11人も驚いていた。どうやらそんな人とは知らなかったようだ。

「Sランクは昔の話だ。とはいえ、でまかせを言ったつもりはないぞ。大きさに関係なく、剣は刃物だ。刃筋を立てなきゃ切れるものも切れないからな。まぁ新米なら大体そんなもんだが」

「両手剣に何か思い入れがあったりします？」

「思い入れは特にないっすね……実家の納屋《なや》で埃《ほこり》を被《かぶ》ってた両手剣があったから使ってただけなんで」

「適当に使ってたのなら、この機に武器を替えることを薦める。仕事にも命にも関《かか》わるから、無理にとは言わないが。それからギルドの教習は受けた方がいいぞ。武器の使い方や選び方1つでも、いざという時の結果は変わり得るからな」

「う、ウッス」

元Sランクのダルソンさんの指摘を受けて、彼は片手剣や片手と両手どちらでも使える剣、さらにウォーハンマーの棚《たな》の商品も見ていく。

「すいません兄貴、俺は獲物の解体とか得意で、武器もなんとなくナイフ使ってたんですが、どうでしょう」

おっと、先程《さきほど》の様子を見ていた1人が質問をしてきた。

俺に分かることは指摘して、さらにダルソンさんにも相談に乗っていただく。

そうしていると次から次へと質問され、気づいたら全員の武器選びの世話をしていた。

「……これで全員、買うものは決まりましたね」

『ウッス！』

「ダルソンさん、お会計をお願いします」

「おう。ちょっと待てよ」

ダルソンさんにすばやく計算した代金を支払い、買い物は終了《しゅうりょう》。

同時に、12人の表情が暗くなり始める。

「おい、なんでそいつら急に辛気《しんき》臭《くさ》い顔になってんだ?」

「おそらく、これから買った武器の使《つか》い心地《ごこち》の確認《かくにん》と、訓練の予定だからかと」

新しい武器を買ったなら、慣れておく必要がある。

ということで、これから警備会社に向かい、空いている場所を借りて訓練を行う。

ちなみに訓練の時は彼らが買った武器を参考に、形状、大きさ、重さ、重心を可能な限り本物に近づけたメタルスライムを使ってもらう。

そうすれば買ったばかりの武器を破損してしまうことなく、思い切った訓練ができる。

怪我《けが》は回復魔法があるし、いざという時は同じ建物内に病院があるので、即《そく》対応可能。

尤《もっと》も、

「流石に絡んできた時ほどのことをするつもりはないですから、そこまで怖がらなくても」

『……』

「というか今こそあの時の反骨心を発揮するところでは？　別に死んだわけでもないし、冒険者なんですから、一度や二度の負けで挫《くじ》けてどうします」

『はい……』

「えっと……ほら、この前の結果はある意味当然でしょう。これでも僕は、きっと皆さんが思っているよりは長いこと鍛錬《たんれん》をしていますし、昔はちゃんと師匠《ししょう》がいたんですから。

……こんな子供に負けて悔《くや》しくないか!?」

『!!　く、悔しいです！』

「なら訓練では俺を殺すくらいの気持ちで来い！」

『はい！』

「声が小さい‼」

『はい‼』

「よし‼　……ということで、失礼しますね。ありがとうございました。ほら、皆さんも」

『ありがとうございました‼』

「お、おう。頑張《がんば》れよ？」

煮《に》え切らなかったので、勢いで強引《ごういん》に士気を上げたが、失敗しただろうか？

なんだか軽く引かれたような気がしつつ、俺達《おれたち》はダルソンさんの店を出る。

「……リョウマ、意外とそういう連中をまとめるのに向いてるんじゃないか……？」

背中越《ご》しに聞こえてきた呟《つぶや》き。

やはりヤクザっぽく見えるのか、ちょっと不安になった……

■　■　■

そして午後になる頃には、

『…………』

警備会社の中庭には、死屍累々《ししるいるい》と不良冒険者達が転がっていた。

「おい、しっかりしろ……」

「生きてるか……」

「なんとか……」

12人は倒《たお》れこんだまま、起き上がらない。

しかし、体力的、精神的に限界まで追い込んだだけだ。

攻撃《こうげき》は寸止めで怪我はさせなかったし、〝前ほど酷《ひど》い状態ではない〟。

宣言通りと言って差し支《つか》えないだろう。

「自分で限界だと思っても、追い込まれると意外と動けましたよね。今の状態が皆さんの本当の限界だと思います。自分の限界とその感覚は覚えておくといいと思います。

もし実戦や街の外での仕事中に、その状態になってしまったら、死あるのみだと考えていいでしょう。動けない今の皆さんになら、普通《ふつう》の子供でも簡単に止《とど》めを刺《さ》せます。獰猛《どうもう》な野生動物に遭遇《そうぐう》しても逃《に》げられません。

ですのでそうなる前に、もっと言えば体の動きが悪くなる前に、敵を仕留めるなり安全な場所まで逃げるなりする必要があるということです」

『わかりました……』

うん、返事が絞《しぼ》り出せるなら大丈夫《だいじょうぶ》だ。

懐かしいな……うちの親父《おやじ》は加減はしていたと思うけど、普通に木刀とか蹴《け》りとか当ててきた。もっと言うと、意識を失うまで追い込んできたからね。そう考えればまだまだ優《やさ》しい方だろう。

しかし、このままでは午後からの警備会社の訓練の邪魔になってしまう。

そこでつい先日、マフラール氏から教わったばかりの回復魔法を使用。

「『エナジーチャージ』」

「ん……!?」

「どうですか？　少し楽になりました？」

「う、ウッス」

よしよし、ちゃんと成功しているようだ。

この魔法の効果は〝体力の回復〟だそうだが、個人的には〝魔力を体力に変換《へんかん》する〟と考えてもいいと思う。

基本となるのは回復魔法の初歩、俺も何度も使ってきた〝ヒール〟やその上位の魔法。

マフラール先生曰《いわ》く、ヒール系の魔法は傷を治すために使われることが多いが、実は副次効果として体力の回復作用があるのだと教わった。

そしてエナジーチャージとは傷を塞《ふさ》ぐ効果を捨てて、体力の回復に特化させた魔法。

その性質上、怪我の治療には効果がないが、衰弱《すいじゃく》した患者《かんじゃ》や延命治療に役立つ。また、一般的《いっぱんてき》に回復魔法は病気には効果がないとされているが、失った体力の回復は病気の治療・症状《しょうじょう》改善にも役立つ。

今回のような使い方はその本来の目的から外れていると思うが、頑張ったので少しくらいはいいだろう。

順に魔法をかけていくと、全員が問題なく立って歩けるようになった。

「さて皆さん。今日は攻撃による怪我はしていないはずですが、転んだりして軽い擦《す》り傷《きず》程度はあると思うので、念のため病院の方で治療を受けてきてください。その間に少し遅《おそ》くなりましたが、昼食の用意をしてきますから。治療が終わったら食堂に集合ということで」

『ウォーッ!!』

おお……例えるなら、部活が終わった後の運動部員というべきか？

というのも、新人で不良冒険者の彼ら、実はまだ10代後半。高校生くらいなのだ。

最初は大学生に見えたけれど、それは同年代と比べて体格が良かったからだろう。

体格のいい食べ盛りの男子が、激しい運動をした後。

これは食事をしっかり取らせなければ。

ということで、付属病院へ向かう彼らを見送ると、急いで食堂の調理場へ。

警備会社の社員の昼食を終えて、空いた設備を借りて調理を行う。

なお、途中《とちゅう》で興味を持って近づいてきた料理人の方々の手もちょっと借りた。

レシピや圧力鍋《あつりょくなべ》みたいな新しい調理器具に興味があったようで、休憩中なのに皆さん快く手伝ってくださった。

そうこうしているうちに、腹を空《す》かせた男子が食堂に来たので料理を並べる。

「うぉっ⁉」

「すげぇ量だ……」

「これ食っていいんすか⁉」

「はい。皆揃《みなそろ》ったみたいですし、今日は頑張りましたからね。どんどん食べてください」

本日のメニューは、
1.パン
2.野菜と腸詰《ちょうづめ》のスープ
3.根菜のごった煮
4.カボチャ？　の煮付《につ》け

5.スプリントラビットの煮込《にこ》み・シチュー風

パンとスープは社員食堂の昼に出た残り物を提供してもらったもの。

煮物《にもの》は年頃《としごろ》を考えて、腹持ちが良くて栄養のあるものをプラス。

そしてスプリントラビットの煮込みについては、単純に圧力鍋で柔《やわ》らかくできるかの実験。

遠慮なく食べるようにと伝えると、一斉に料理に手が伸《の》びて、鍋《なべ》の中身が皿に移され、腹の中へと消えていく。

その勢いに若干圧倒《じゃっかんあっとう》されていると、少し落ち着いたのか、隣同士《となりどうし》で短い会話も始まる。

「この芋《いも》を煮たやつ、味は違《ちが》うけどうちの村でも食べてたような気がしないか？」

「ああ、それか。なんか懐かしい感じがしたのは」

「……カボテ……うちの畑でも作ってたな……」

「パンがこんなに食えるなんて贅沢《ぜいたく》だな。うちの村じゃ麦は粥《かゆ》にして食うんだが」

「ああ、それは俺の村もだ。っていうか、農村はだいたいそんなもんじゃないか？」

「粉を挽《ひ》く手間も金もかかるしな。作るとしても保存用の硬《かた》いのだろ」

「俺のとこも、柔らかいパンはたまに街に出た時の贅沢だったなぁ……」

「贅沢といえば、冬場にこういう肉があるのもそうだろ」

「確かに、この時期は腸詰とか塩漬《しおづ》け肉、あとは漬物《つけもの》とか保存の利《き》く物ばっかりになるよな」

『あるある』

「そういえば皆さんの出身地はどんなところなんですか？　特産品とか、郷土料理とか」

「うちの村は普通の農村っすよ。よく食うものといえば、やっぱ麦粥とか、芋を煮たやつとかっすね」

「うちの村、っつーか地域？　は芋が名産で、芋で作る麺《めん》料理があるっす。つっても郷土料理とかそんな大層なものじゃなくて、単純に麦が高いから芋の粉を混ぜてかさを増やしてるだけですけど」

芋を使った麺料理。興味を持ってさらに詳《くわ》しく聞いてみると、ジャガイモのでんぷんを小麦粉に混ぜて作るという北海道の〝豪雪うどん〟、または〝でんぷんうどん〟に近そうだ。

そんな風に、故郷の料理に関する話を聞きながら、俺も食事に参加していると、

『う、動けねぇ……』

いつのまにか用意した料理はほとんどなくなっていた。

俺も食べたは食べたけど、ごく普通の1人前くらいなのに、

「よく食べたなぁ」

「いやぁ、うまかったんで、食いすぎました……」

「こんなに飯食ったの久しぶりだなぁ」

少年達《たち》は満足そうに、膨《ふく》れた腹をさすりながら笑っている。

「口に合ったようでよかった。もしよければ、また声をかけてもいいですか？」

「マジっすか！」

試作品や残り物になると思うけど、それでよければ……と伝えると、全員そんなことは全く気にしない、とても助かると大喜び。どうやら彼らは彼らでなかなか苦しい生活をしていたようだ。

「皆それぞれ、故郷の村からここに来てるわけだし、環境が違って大変でしょう」

「それ！　そうなんすよ兄貴！」

「絶対一旗挙げてやる！　って村を出るまではよかったんだけどなぁ」

「街に出てみたら、どうにも上手くいかねぇんだよなぁ」

食後の落ち着いた状態だからか、内容こそ暗い話だが、彼らの雰囲気《ふんいき》に以前のような刺々《とげとげ》しさはなく、素直に言葉が出てくる。

実家に家族と住んでいる状態と、故郷から離れて一人暮らしでは生活は変わる。

それは地球も異世界も変わらないだろうと思ったが、やはりその通りらしい。

自ら望んで来たとはいえ、村と街の違いは大きい。

農村部では文字が読めない人も珍しくはなく、お金を使った取引は年に数回。

あとは村内の物々交換《ぶつぶつこうかん》と助け合いで済ませるところは多いと聞く。

そして彼らは最低限の読み書きは村を出る前に学んだらしいが、得意ではないという。

お金の計算も同じく苦手。お金の使い方も、荒《あら》くはないが下手《へた》なのを薄々《うすうす》感じていた。

不慣れなお金の使い方故に、だんだんと生活を切り詰《つ》めなければならず。

夢と現実の乖離《かいり》が、故郷で身につけた自信やプライドを刺激《しげき》して。

態度が荒《あ》れるにつれて、瞬《またた》く間に冷たくなる住人の対応。

人の輪から外れて孤独《こどく》になることを恐《おそ》れ、1人、また1人が自然と集まった。

そして1人ではないことを心の支えに、周囲に反抗を繰《く》り返して自尊心を保とうとして
……悪循環《あくじゅんかん》に陥《おちい》ったわけだ。

「……兄貴は何も言わないっすね、そういや」

「?　結構色々言ってる気がするけど」

「いや、そりゃ確かに言うときはズバズバ言われるし、ついでにボコボコにもされました
けど、そういうのじゃなくて」

「ギルドの連中みたいに説教臭くないってことだろ?」

「そう！　そういうこと！」

「あー……まぁ、僕《ぼく》も他人のことをとやかく言えるほどできた人間じゃないですし」

彼らとは方向性こそ違うけど、色々とやらかしている自覚はある。

「それにギルドマスターとか、既《すで》に他の人に色々と言われているんでしょう？」

「そりゃ、まぁ」

「だったら今更《いまさら》、僕が言うことはないですよ。それに皆さんだって、本当は何が悪かったか理解してるし、自分達が悪かった自覚もあるでしょう」

彼らは表面上こそひねくれているが、根っこの部分は素直で純朴《じゅんぼく》だ。

それだけに分かりやすくもある。

現に俺が自覚があるだろうと問いかけたら、全員が俺から目をそらしたり、黙《だま》り込《こ》んだりする。

その態度が既に自覚ある証拠《しょうこ》と考えていいと俺は思う。

〝本当に〟自分が悪いという自覚のない奴《やつ》、指摘《してき》されても理解しない奴は、こちらの言葉を理解できないような、あっけらかんとした顔をする。もしくは表面だけは取り繕《つくろ》い、反省しているように見せつつ、内心では自分自身が正しいと信じて疑わない。

人を見る目に自信はないが、前世ではそういう連中と毎日のようにやり合っていた。さらに何年も接し続けて、そういう態度を見続けてきた。

だからなんとなく、本当になんとなくだが、彼らは〝違う〟と感じた。

意地を張り続けて、周囲に迷惑《めいわく》をかけているが、自覚もあれば負い目も感じていると。

かつての部下に比べれば、まだ全然可愛《かわい》げがある連中だと。

「もちろん僕が見ているところで悪さをするなら、武力行使をしてでも止めます。悩《なや》みがあるなら僕のできる範囲《はんい》で相談にも乗ります。しかし、最終的に行動するのは皆さん自身ですからね。お説教というのはどうもピンと来ませんし……

個人的な希望ということであれば、皆さんには頑張ってやり直して欲《ほ》しいですけどね。これまでの非を認めて、態度を改めるにも勇気がいると思いますが、皆さんはまだやり直せるところにいると思いますから」

「やり直せる……」

俺の言葉に反応して、疑うような呟きが聞こえた方を見る。

すると呟いた1人は独り言のつもりだったようだが、俺と皆の視線を受けて渋々《しぶしぶ》と口を開いた。

「俺らもう他人に散々迷惑をかけてますし、本当にそう思うんすか？」

投げやりに放たれた一言に対する答えは、肯定《こうてい》である。

「失った信用をすぐに取り戻《もど》すことはできませんし、態度を改めても当分は厳しい目で見られるでしょう。けど、そのうちに折れるかどうかとは別の話です。

……本当にどうしようもない人間は、悪事を働いても何も感じません。それが先天的なものか、同じことを繰り返して慣れきったことによる後天的なものかは分かりませんが……少なくとも皆さんが過去の行いに反省、ないし後悔《こうかい》の念を僅《わず》かでも感じているとしたら、まだ戻れる場所にいる、と僕は思います。

そして、戻れる場所にいるなら全力で戻った方がいいとも思いますよ」

もちろん最初から悪いことはしないのが最良だろうけど、さらに回数を重ね続けるのと、どこかで止めるのなら、止める方がいいに決まっている。

ハッキリと伝えると、しばらく食堂には考《かんが》え込むような沈黙《ちんもく》が流れた。

そのうちにお腹《なか》の調子も落ち着いたんだろう、

「それじゃ兄貴、俺らはここで」

もう予定していた全《すべ》ての用事は終わり、不良少年達は宿に帰るというので、警備会社の門まで見送りに出てきた。

「はい。気をつけて帰ってくださいね。あと魔法で回復したとはいえ、体を酷使《こくし》したので、ゆっくり休んで。また仕事場で会いましょう」

『ウッス！』

「武器と飯と稽古《けいこ》、あざっした！」

『あざっした!!』

「ははは……念のために言っておきますけど、武器は悪いことに使っちゃダメですよ。もしそんなことをしたら」

買い与《あた》えた者として、俺にも責任の一端《いったん》があるだろう。

もし彼らが買い与えた武器で誰《だれ》か罪のない人を傷つけたり、殺《あや》めたりしたら……

「僕にできるせめてもの償《つぐな》いとして、この手で犯人の首を――」

『絶対にやりません!!!』

「――冗談《じょうだん》ですよ。流石《さすが》にしないと信じてますからね」

「な、なんだ、冗談っすか」

「冗談きついっすよー」

「つか、冗談に聞こえねぇ……」

こうして俺は、乾《かわ》いた笑いを浮《う》かべながら立ち去る不良少年達を見送った。

「さて、教会に行くか」

ファットマ領からギムルに帰ってきたその日から忙《いそが》しくなったので、しばらく顔を出していない。

そろそろ顔を出してみようと思っていたところだし、今日はもう何も予定がない。

となれば行くしかないだろう。

「今日は何から話すか……だいぶ話すことが溜《た》まってるしなぁ……」

そんなことを考えながら、俺はいつもの教会に向かって歩き始めた。

7章24話 セーレリプタへの罰とリョウマの天職

「あれ？」

教会を訪ねて、礼拝堂で祈《いの》りを捧《ささ》げ、神界に呼ばれたことを感じて目を開けると、面識のある9柱の神々が勢揃《せいぞろ》いしていた。

いつもはいても2，3柱なのに、今日は何かあったんだろうか？

「こんにちは、よく来てくれましたね」

「ウィリエリス、それにグリンプ様も。先日は助けていただいてありがとうございました」

「あれは当然のことをしたまでだべ」

「先日のセーレリプタの所業は我々としても看過できるものではありませんでしたから。こうして皆で集まって、しっかりと罰を与えました」

「あー……それで皆集まって、セーレリプタだけそんな状態に」

何と言っていいのか、そもそも触《ふ》れていいのか分からず無視していたが、今のセーレリプタは一面真っ白な神界の地面？ に倒れ伏《ふ》している。

「竜馬君《りょうま》～、助けて～」

意識はあるようで、こちらに助けを求めてくるが、体は動かない。

一体どんな罰を受けたのかと思っていると、ウィリエリスが呆《あき》れたように口を開く。

「大げさに倒れていますが、気にすることはありませんよ」

「そうなんですか？」

その疑問に答えてくれたのは、魔法の神であるフェルノベリア様だった。

「セーレリプタへの罰は〝神の力の一部封印《ふういん》〟だ。世界の管理をするために必要最低限の力を残して、こいつの力は大半を封《ふう》じられている。

だが、それが原因で体調を崩《くず》したり苦しんだりすることはない。こいつが芋虫《いもむし》のような状態になってるのは、単純にこいつが貧弱なだけだ。……お前がこいつと会った時、巨大《きょだい》な水球の中にいただろう？」

「確かにそうでした」

「封印前のこいつはあの水球で常に自分を包んでいたが、それには水を司《つかさど》る神として最も心地《ここち》よく、最大限に力を発揮できる環境《かんきょう》を整える効果があった。ある種の結界だな。

その効果は同じ神である我からしても強力な反面、こいつはあの水の結界がなければ本来の力を発揮できなくなる」

「あー」

条件付きでほぼ無敵になる、とかそんな感じなのか……

「ああ、その認識《にんしき》で問題ない。だが能力の一部封印だけでは罰が軽いという意見もあった。故に封印で弱体化した状態のまま、戦の女神《めがみ》キリルエル監修《かんしゅう》の下、下界の国々の〝精鋭部《せいえい》隊〟と呼ばれる軍人が行う訓練を一通り行わせ、訓練に伴《ともな》う痛みや苦しみも罰に含《ふく》めることにした。今苦しんでいるのは、ただの全身筋肉痛だ。ちなみに我々の体は人間と違うので、人間のように体を鍛《きた》えても全く恩恵《おんけい》はないがな」

精鋭部隊の訓練をやらされて、何のメリットもないとは、かなりキツそうだ……

俺でもそう思うのに、どう見ても体が強そうには見えないセーレリプタだとどうなるのか？

「ちなみに水から出たセーレリプタは、最初立って3分歩くだけで限界を訴《うった》えていた」

「流石に貧弱すぎないか？」

思わず倒れている本人に向かって声をかけてしまった。

すると意識はあったようで、

「だって水の中なら歩く必要なんてないし。水流を操《あやつ》ればどこにでも行けるし。ってか陸上だと浮力《ふりょく》がないから体が無駄《むだ》に重いんだよ……誰だよ重力とか余計なものを作った馬鹿《ばか》は」

「竜馬君、この通り文句を言えるくらいには元気じゃから、気にする必要はないぞ。あとこの世界の重力を作ったのはわしなんじゃが？　セーレリプタ、思いっきり聞こえておるぞ」

返事というか愚痴《ぐち》？　を口にして、他の神々、特にガインに睨《にら》まれた。

するとと、当の本神は、

「うわ～ん、助けて竜馬君～」

やたらと演技っぽい雰囲気を漂《ただよ》わせながら、足元まで這《は》ってきた。

「おいおい……神々のルールに関しては、俺《おれ》が口を出すことじゃないだろ」

「それはそうだけど～、被害者《ひがいしゃ》としての意見とかなんかで！」

「それならまぁ、俺はさほど気にしてないけど」

というと、

「竜馬君、確かにこれは一応、神ですが、遠慮《えんりょ》したり気を遣《つか》ったりする必要はないんですよ？」

「う～ん……ウィリエリスはそう思うかも知れないけど、正直、本当にそこまで気にしてないんだ。あの時は確かに危機を感じたけど、怒《いか》りよりも〝すごく気分が悪い〟とか〝なにがなんだか分からない〟って気持ちが強かった。

それに自分でも言ってたけど、俺を殺すつもりはなかったんだと思う。あの時の状況《じょうきょう》を思い出すと、セーレリプタがその気なら、俺に抗《あらが》う術はなかっただろう。

結果的に俺は無事だし、一応、皆から適度と判断された罰を受けたなら、それ以上を求めようとは思わないな」

「……本気みたいですね」

「まぁ、他の皆と比べると、敬おうって気持ちはぐっと減ったけど」

そもそもセーレリプタの性格的に、悪気もなかったんだろう。

小さな親切大きなお世話なんて言葉もあるし、良かれと思って、悪気なく行動した結果が他人の迷惑になる……そんなことは俺も前世で、数え切れないほどやらかしたし、やられたことも同じくらいある。いちいち気にしていたら、きりがない。

「んふふふ～流石だねぇ！　やっぱりボクが見込《みこ》んだだけのことはあるよぉ！」

「くっ！　勝ち誇《ほこ》ったような顔をして、これだから本当に反省しているのかが怪《あや》しいんです！」

「落ちつくだよ、ウィリエリス」

「俺もこいつを調子付かせるのはどうかと思うが、こいつがこういう性格なのは今に始まったことじゃねぇだろ？　竜馬の言う通り、気にしてたらきりがねぇよ」

「グリンプ、テクン……分かりました。意見を求めたのは私ですし、その結果として竜馬君は我々の処置でいいと言いました。この話はここまでにしましょう」

セーレリプタとウィリエリスは本当に相性《あいしょう》が悪いんだろうか？

それともこれで長い付き合いらしいので、喧嘩《けんか》するほど仲がいいと言えるのか？

どちらにしても、ウィリエリスにはかなり不満があるようだ。

しかし2柱に諫《いさ》められ、俺の意見を尊重して身を引いてくれたようだ。

ちなみに現在、セーレリプタは、

(大丈夫だよぉ。竜馬君がとりなしてくれたしぃ、今回は黙っておくよぉ)

とでも言いたげな微笑《びしょう》を浮かべながら、すがり付いてくる。

こいつ、女の子みたいにも見えるけど、男神だよな？

「ええい、絡《から》みつくな。鬱陶《うっとう》しい」

「待ってぇ、お願いだから寄りかからせて。じゃないと今は本当に立てないからぁ」

今の力はかなり弱く、やろうと思えば簡単に振《ふ》り払《はら》えそうだ。

本当に弱っているんだろう。

そういえば、深海に生きる深海魚の多くは、骨などの体内の高密度組織が少ないと聞いたことがある。骨を硬くするよりも、柔らかい体の方が水圧には耐《た》えやすいから、だったかな？　チョウチンアンコウかなにかの話でそんなことを聞いたような気がするが……よく思い出せないな……

「ボクを深海魚と同じ扱《あつか》いにしないでよぉ」

そうは言うが、少なくとも今の状態を見る限り、陸に上がった魚と大差ないと思う。

『ブフッ！』

そんな思考が伝わったようで、皆が一斉《いっせい》に笑い始めた。

どうやら全員俺の思考を読んでいたらしい。

「ああ、申し訳ないのう。セーレリプタの件では本心が知りたかったのでな」

「いや、構わないよ。ガイン達が心を読めるのは前から知ってるし」

嘘偽《うそいつわ》りは無意味と分かっているからこそ、神々には素直に本心を話せるし、皆が許してくれてからは、形式的な敬語も抜《ぬ》きにして自然に話せている部分もある。それに口下手《くちべた》でも誤解されることがない。

もちろん相手によるだろうけど、心を読まれるのも意外と悪くないかもしれない。

……あれ？　前にもこんなことがあったような……デジャブか？

「そう思ってくれると助かるわい」

「それじゃこの話は終わりにしましょう。それより今度は竜馬君の話が聞きたいわ」

これまで話を聞くことに徹《てっ》していたルルティア。

さらにクフォが軽く手を叩《たた》くような動きをすると、大家族の食卓《しょくたく》か、それとも宴会《えんかい》用か。

大きくて高級そうな木製のテーブルが現れ、その周囲には人数分の座椅子《ざいす》が並んだ。

それぞれ手近な席に、全員が座《すわ》ったのを確認して、俺はギムルに帰ってからの話を始めた。

すると、

「新人の不良冒険者《ぼうけんしゃ》ともうまくやっているみたいじゃの」

「兄貴とか呼ばれてたね」

ここでもこの話が注目された。

「兄貴はやめて欲しいんだけどなー。そんな歳《とし》じゃないし」

「いいじゃねーか、馬鹿にされてるわけじゃないんだから。頼《たよ》られるだけの腕《うで》っ節《ぷし》と度量があるってことさ」

「困った時に頼れる相手として見てくれるなら、それは嬉《うれ》しいんだけど……前世からそういうお仕事の方に間違《まちが》われることがよくあって、警察官から職質やらなんやかんや面倒《めんどう》なこともあったから、どうも抵抗《ていこう》感というか、苦手意識というか……」

「あ、そういうことか。でも意外と天職かもしれないぞ？」

「ええ……」

神であるキリルエルに言われると、信憑性《しんぴょうせい》がありそうで余計に複雑なんだが。

しかも、本当か？　と思いながら他の神々に目を向けると、皆《みな》して苦笑いをしている。

そこは否定して欲しかった……

「まぁ、どんな仕事でも上に立つ奴には、相応の実力か経歴が求められるだろ？　腕っ節が強くなきゃ務まらないのはまともな冒険者だって同じさ」

「それに竜馬君は〝面倒見《めんどうみ》がいい〟から。そういうことを自然にできるかどうかは、人をまとめる上で大切な要素よ」

「前世で部下を持って、指導していたことも大きいじゃろうな。得意かどうかという話ではなく、たとえ失敗ばかりでも、経験の有無《うむ》は大きな違いとなる」

「ん、それは確かに」

テクン、ルルティア、ガインの言う通りか、と納得《なっとく》していると。

「ボクとしては、カリスマとか統率力《とうそつりょく》とかぁ、その辺をサポートできる部下がいるとなおいいと思うけどねぇ。竜馬君は面倒見はいいだろうけど、やっぱりその辺が得意なわけではないだろうから」

隣《となり》の席に座ってテーブルに突《つ》っ伏《ぷ》していたセーレリプタが、顔だけをこちらに向けてそう言った。

その意見にも納得できる。

彼《かれ》が言ったのは、まさに今の働き方だ。

洗濯《せんたく》屋では、副店長のカルムさんが俺のことをサポートしてくれている。

他の部署も、公爵《こうしやく》家から来たみなさんを中心とした責任者の方々に任せている。

仕事は格段に楽になり、プライベートな勉強や研究に使う時間もたっぷり。

前世とは比べようもないほどに順調。

こうして明確に結果が出ている以上、俺にはこの働き方が合っているのだろう。

少なくとも、前世の働き方よりははるかに、心身ともに健康でいられそうだ。

「というか、前世でももうちょっと仕事を選べばよかったのに。人の下で働くにしても、せめてもっと面倒見のよさを活《い》かせる仕事、たとえば学校の先生とかだとまた違ったんじゃない？」

「あー……それ、昔の部下の何人かに言われたことがあるな」

絶対に体育教師だとか、ジャージで竹刀《しない》とか持ってそうとか。

生活指導や学年主任をやってそう、なんて意見もあった。

どれもこてこての〝昔の体育教師〟のイメージ。

あとは、幼稚園《ようちえん》の先生も向いているんじゃないかと言われたりもした。

……その話題になると最後は決まって、昔の〝ちょっとお下品な幼稚園児が主人公の国民的アニメ〟に登場する幼稚園の経営者の話になって、からかわれたっけ。

「子供の面倒見る仕事も悪くないかもね。組長」

「園長だろ。人の思い出にサラッと乗っかってくるなよ。というか何で知ってんだ」

「ボクは皆と違って、会話中も竜馬君の心を遠慮なく覗《のぞ》くし、一度は君の魂《たましい》の奥底《おくそこ》まで読み取ったんだから、大体の情報は把握《はあく》してるさ。そんなの今更じゃない」

その堂々とした態度に、一瞬《いっしゅん》だけイラッとしたが、怒《おこ》ったら負けな気がしたので放置。

「とにかく、俺はできる限り今みたいに、自分自身の裁量で動ける仕事、働き方が向いているということなんだな」

「そういうことじゃな」

ガインを筆頭に、神々が納得の表情を浮かべている。

貴重な神々からの意見。

今後も仕事を続けていくにあたり、心に留《とど》めておくことにしよう。

7章25話　雪対策とスライム研究の新たな分野

神々と和《なご》やかに会話を続けていると、畑の話題から天候の話題になり、気になることを聞いた。

なんでも、今年は例年よりも寒さが厳しく、雪の日も多くなるそうだ。

「異常気象か？」

「いや、どちらかというと今が通常、って言うべきなのかな？　竜馬《りょうま》君がこの世界に来た理由は覚えてる？」

「地球の魔力《まりょく》をこっちの世界に持ってくるため、だったよな？」

「そうそう。こちらの魔力不足を補うために、竜馬君と一緒《いっしょ》に大量の魔力を持ってきた影響《えいきょう》で、世界規模で活性化してるのさ。

人体で例えるなら、栄養失調の状態だった体が十分な食事を取り、回復したようなものかな？」

「もとより地上の環境や気候には様々な要因が組み合わさり、バランスを取りながら常に変化を続けるものだ。多少気温の振れ幅《はば》が大きくなると考えればいい」

クフォの話にフェルノベリア様が補足を加えてくれたおかげで、より分かりやすくなった。

どうやら今年の厳冬や降雪量の増加は、世界にとってはいい反応らしい。

ただし、〝多少の〟気候変動が発生する。

そして、この多少という評価は、神々から見ての評価である。

こう考えると、俺達《おれたち》人間はしっかり備えをしておくべきだろう。

「確かに人間にとっちゃそうだな」

「冬支度《ふゆじたく》を怠《おこた》ってなければ、直ちに問題はないと思うけど、気をつけるに越《こ》したことはないわね」

隣同士に座ったキリルエルとルルティアの会話が耳に届いて、やっぱりかと思う。

「いつか言おうと思ってすっかり忘れてたけど、この世界に来る前にもらった情報や常識にも、微妙《びみょう》に抜けとか世間とのズレがあったからな」

というと、俺をこの世界に導いた3柱が申し訳なさそうな表情に。

「責めるつもりはないよ。結果的になんとかなってるし、公爵家の皆さんと関《かか》わるきっかけにもなったから」

それに人間同士でも国によってカルチャーギャップ、同じ国の人間ですら年齢《ねんれい》が10も違えばジェネレーションギャップというものが存在するくらいだ。人間と神々ともなれば、物事の見方や認識にギャップがあって当然だろう。

「理解してくれて助かるわい」

「長く存在し続けてると、時間の感覚が曖昧《あいまい》になるのよね」

「正直、数十年とか数百年って誤差だもんね」

その感覚は一生理解できそうにない……が、とにかくこれから雪が例年より多くなるのは間違いないのだろう。だったら備えが必要になる、と同時にこれは新しい働き口を作る狙《ねら》い目《め》になりそうだ。

そんなことを考えていると、セーレリプタがニヤつきながら声をかけてくる。

「また新しいことを始めるつもりだね？」

「とりあえずは街中の積雪対策かな？　1回の雪は少量でも、溶けずに積もり続ければ人や物の移動が滞《とどこお》る原因になる。

俺と近所だけなら、俺が魔法《まほう》とスライムで対処できるけど、街中となると流石に無理だ。

それに今後も毎年大雪が続くなら、今のうちから対処する仕組みを作り始めた方がいい」

「具体的には？」

「とりあえずは人を集めて、人海戦術だな。労働者の流入はまだ続いてるみたいだから。あとは効率化のために、スコップだけじゃなくて地球の雪かき道具とか、氷を割る道具をいくつか試作して……スライムの研究成果にもいくつか使えそうなものはあるんだけど……」

「あら？　なんだか歯切れが悪いですね。スライムが関わる話なら、いつもはもっと嬉々《きき》として話すのに」

ウィリエリスにそう言われてしまった。

人間の知り合いの間でもそうだけど、神々の間でも俺はそういう共通認識なんだろうか？

「除雪に使えそうなんだけど、ちょっと取り扱いに注意が必要な研究成果があって」

「取り扱い注意？　なにそれ、爆弾《ばくだん》でも作ったの？」

クフォが冗談のように言ったが、結構近い。

「えっ。まさか本気で作ったの？」

「いやいや、爆弾は作ってないよ。ただ、実験してたら偶然《ぐうぜん》、〝火薬みたいなもの〟ができたってだけで」

「なにそれ聞いてない」

「そりゃまだ話してないもの」

話すことが沢山《たくさん》あり過ぎて、後回しになっていた。

「聞きたいなら説明するけど」

「聞かせて、っていうか……」

「竜馬、お前もう目が輝《かがや》き始めてるぞ」

おっと、テクンに言われてしまうほどか。

「ではちょっと控《ひか》えめに」

ことの発端《ほったん》は、先日、ファットマ領で温泉掃除《そうじ》の依頼《いらい》を受けた際に作った〝酸性洗剤《せんざい》〟だった。

酸性洗剤はアシッドスライムの酸と、スティッキースライムの粘着液《ねんちゃくえき》を混合したもの。ただそれだけの品だけれど、俺はそこで、自分がこれまで〝異なる種類のスライムの生成物を混合する〟という実験をしていなかったことに気づいた。

スライムの進化だけでも多種多様かつ、単体でも能力を活かす方法は豊富だったし、それだけで手一杯《ていっぱい》ということもあったからか、すっかり失念していた。

今思えば、どうしてそんな簡単なことを試《ため》していなかったのか、もっと早く研究していればとも思うが……これは個人的感情で研究には関係ないので置いておく。

そして最初に混ぜて作った酸性洗剤だが、実は酸と粘液《ねんえき》を混ぜた場合、温泉掃除に使った粘液の他に〝微量《びりょう》の粉末〟が生まれ、混合液の底に沈澱《ちんでん》していた。

「その粉末がこれなんだけど」

「ほう」

「むっ」

アイテムボックスから小瓶《こびん》に詰めた粉末を取り出し、テーブルに置く。

どうやら神々には一目でどういう代物《しろもの》か分かったようだ。

俺がこれを取り出して、鑑定《かんてい》の魔法を使った時は、このような情報が出てきた。

〝名称《めいしょう》未定・(仮称《かしょう》)超撥水性《ちょうはっすいせい》粉末〟

スティッキースライムの粘着液と、アシッドスライムの酸を混合した際に生まれた物質。

極《きわ》めて撥水性《はっすいせい》の強い粉末。可燃性のため取り扱い注意《ちゅうい》。スライムの魔力を内包している。

個人的には、防水布などにも使用している粘着液の持つ〝撥水《はっすい》効果〟の原因物質ではないかと考えている。

「スライムの体液を混ぜるとこんなもんが生まれるのか」

「体液に含まれる魔力が相互《そうご》に作用し、変質したようだな」

技術の神であるテクンと学問の神であるフェルノベリア様の反応がいい。

が、その反応を見る限り、

「ちょっと本題から逸《そ》れるけど、これは神々にとっても珍《めずら》しいものなのか？　鑑定しても名称が出てこなかったし」

「俺らにとっては珍しくも、いや、こういう形で見るのは珍しいか？」

「少なくとも人間には珍しかろう。そうだな……魔法薬と魔石《ませき》、この2つに近い性質がある物質、とだけ言っておこう。それ以上の説明には時間がかかる」

どうやら俺が考えていたよりも、はるかに複雑で奥深《おくぶか》い素材のようだ。

「では、気長に研究してみます」

「その意思は学問の神として好ましく思う。励《はげ》むといい」

横道に逸れた話が一段落したところで、

「本題に戻ると、こういう物質が生まれたことでさらに興味が出た。そして他の種類のスライムの体液も採取して混ぜてみた」

「ああ、やっぱりそういう流れになるよね」

「楽しそうに実験しているところが目に浮かぶわ」

クフォとルルティアが分かっていたと頷《うなず》いているが、問題はここから。

スライムの生成物の混合物であり、積雪対策に使えそうな研究成果。

それは黒色の粉末。きめ細かくなるまですり潰《つぶ》した炭にも見えるが、光沢《こうたく》は一切《いっさい》ない。

そんな粉末の材料は〝スカベンジャースライムの肥料〟と〝デオドラントスライムの吸臭液〟

「それがちょっと曲者《くせもの》で、最初に毒ガスを警戒《けいかい》して外で混ぜてたら、いきなり沸騰《ふっとう》し始めて爆発《ばくはつ》。しかも飛び散ったものが燃え始めたから慌《あわ》てて消したけど、焼夷弾《しょういだん》とか火炎瓶《かえんびん》？そんな感じの、広範囲《こうはんい》を焼き払う武器が使われたみたいな感じになって驚《おどろ》いた」

「竜馬、よく笑っていられるな……」

「キリルエルの言う通りだよ。無事でよかったべ」

「大丈夫《だいじょうぶ》、ちゃんといざという時のために盾《たて》とか避難《ひなん》場所は用意してたから」

研究に失敗は付きもの。

芸術は爆発だ！　という言葉もある。

安全対策はしっかりと用意してあるし、問題ないのだ。

「で、さらに注意しながらその黒色粉末を調べてみた結果、〝光を効率的に吸収して熱を発する〟性質を持ってると分かった」

〝コップ1杯《ぱい》の水に黒色粉末を加え、泥《どろ》状になった粉末に光を当てる〟実験を行った。

結果は光の強さによって変わるが、日光なら数秒から数十秒で沸騰し蒸気が発生。

３分以内に水分を完全に蒸発させて、乾燥《かんそう》した黒色粉末そのものが発火する。

「光を当てるだけで結構な熱が出るから、うまく使えば除雪にも役立てられると思うんだ」

雪を溶《と》かすという1点だけを考えれば、雪の上に撒《ま》くだけでも十分だろう。

ただその場合は、雪を溶かしてできた水が蒸発した後に、燃えて火事になる可能性がある。

それなら普通《ふつう》の炭を砕《くだ》いた粉を撒いた方がよっぽど安全だ。

黒色粉末ほどではなくても、魔法と組み合わせれば、安全でそれなりの効果が見込めるだろう。

しかし、安全対策をしっかりすれば、黒色粉末を使って、大きな効果が得られるかもしれない。

「その安全対策については何かアイデアはあるの？」

「そうですね。今年中になんとか、ということならあまり急ぐ必要もないと思いますが、次の雪の日から利用を始めたいというのであれば、あまり時間はありませんよ？」

ルルティアとウィリエリスの意見はもっともだ。

「一応、発火を防ぐ案はある。前世の、特に俺の子供の頃《ころ》の明かりには〝白熱電球〟という物がよく使われていたんだけど」

白熱電球はフィラメントと呼ばれる発光部に電気を通すことで発光・発熱する。

そして、開発当初の白熱電球のフィラメントには、炭化させた紙が。

改良に改良を重ねて、実用レベルになった時には、炭化させた竹が使われていたそうだ。

炭化させた竹に電気を通し、光と熱が発生する。

にもかかわらず、どうしてフィラメントはその場で燃えないのか？

その答えは〝真空〟である。

火が燃えるためには、可燃物・熱・酸素という3つの要素が揃《そろ》っていなければならない。

白熱電球は電球の内部を真空状態にすることで、物体が燃えるために必要な酸素を遮断《しゃだん》。

結果として、通電しても燃えることなく、高温と光を発することが可能になる。

「なるほどな。その白熱電球と同じように、酸素を遮断して使うわけか。ならその素材に当たりはつけてるのか？」

「スティッキースライムの硬化《こうか》液板。あれには耐熱性《たいねっせい》があるし、透明度《とうめいど》が高くて光を通すから、その中に粉末を混ぜたらどうかと考えてる。黒色粉末も闇魔法《やみまほう》で光を遮断した空間の中なら発熱しないことが分かってるから、混合は可能だと思う。

ただ、黒色粉末をスティッキーの吐《は》く液に入れたら、別物になる可能性もあるんじゃないかという懸念《けねん》があるんだけど」

「その点については問題ないと思うぞ。こっちの撥水性粉末だが、これは粉末になった時点でかなり安定した状態になってる。おそらく黒色粉末も物質として安定はしてるはずだ。ただぶち込《こ》んで混ぜるだけなら、これといった反応も変化もしないだろう。もしこれが俺らのよく知ってる〝似た物〟だったらどうなるか分からんが……面白《おもしれ》ぇな」

テクンの話す〝似た物〟がどんなものなのか知らないが、やけに興味深そうに撥水性粉末の入った小瓶を色々な方向から眺《なが》めている。

「もしよかったら、持っていくか？　帰ればすぐに作れるから、俺は全然構わないけど」

テクンには以前、成り行きとはいえ酒盃《しゅはい》も貰《もら》っている。代わりと言ってはなんだけど。

「おっ、そうか？　じゃあ、遠慮なく」

そう言うと同時に、小瓶がテクンのてのひらから消える。

本人（神）が楽しそうなので何よりだ。

「あ、そうだ」

「ん？　まだ何かあるのか？」

「雪対策に使えそうなのは黒色粉末だけど、それとは別にもう1種類ね。クフォが冗談で言った爆弾、というか火薬みたいなやつ」

「あ、それは黒色粉末とは別のやつだったんだ……」

「まぁ、あれも黒色火薬みたいに見えるけども」

光に反応するので扱いづらいと――待てよ？　逆に考えれば、光に当てれば発火するのだから、光に反応する爆弾を作れるのではないだろうか？　誤爆《ごばく》を防ぐ仕組みさえできれば、時限爆弾的な用途《ようと》に――

「竜馬君、思考が爆弾を作る方に向かってるよ。それより説明」

「おっと、ごめんクフォ。

問題の〝火薬みたいな物〟は、アシッドスライムの酸とフラッフスライムの綿毛を混ぜたもので、火をつけると激しく燃焼《ねんしょう》する綿みたいなものができるんだ」

地球にはそれと似た〝硝化綿《しょうかめん》〟とか〝ニトロセルロース〟と呼ばれる物があって、宴会《えんかい》芸《げい》で手品をやることになった時に使ったことがある。

「ちなみにそのニトロセルロースは加工次第《しだい》で〝シングルベース火薬〟とも呼ばれ、拳《けん》銃《じゅう》の弾薬《だんやく》にも使われているらしい」

「火薬みたいなもの、じゃなくて完全に火薬じゃん」

「しかもそれ、とっても安価よね？」

「材料は飼ってるスライムが大量に出してくれるからな。作るのも簡単だし、正直コストパフォーマンスは抜群《ばつぐん》だと思う」

「銃《じゅう》を求める転移者は珍しくない。しかし、皆、火薬の製造や費用の問題に苦労し、諦《あきら》める者もおったが……まさかこんな方法で火薬を手にするとは」

「俺も狙ってやったわけじゃないけどね。

それに、俺はそこまで銃とかミリタリー系知識に詳《くわ》しいわけじゃないし、火薬は正直もてあますよ」

「そうなの？」

「そっちに詳しいのは田淵《たぶち》君、仲の良かった部下の方だったからな……さっきのニトロセルロースとシングルベース火薬の関係も彼から聞いた話だし、彼から聞いて知ってることはあるけど、断片的《だんぺんてき》な情報が多いし……

銃に関して知ってるのは、リボルバーくらいかな……それにしたって、昔好きだった殺し屋とか泥棒《どろぼう》の相棒のアニメキャラが持ってたって理由だし、最新鋭《さいしんえい》のはサッパリ分からん」

一応、昔、海外出張が多かった時期に、機会があって何度か本物を撃《う》ったことはある。

でも、しっくりこなかったから、話の種くらいの興味しかなかった。

道具として使うことはできるけど、肌《はだ》に合わないというか、手ごたえがないというか。

実際に使うなら、俺はやっぱり弓の方が好みの飛び道具だった。

「だから火器で作れそうなのは……黒色火薬や焙烙玉《ほうろく》、かの有名なダイナマイトに、マスケット銃あたりか？　それにしたって多少知識があるというだけ。実際に作った経験、ましてや使用経験なんてない。

個人的には鉱山での採掘《さいくつ》とか、発破工事とか、比較的《ひかくてき》平和な活用の方が興味はある。銃《じゅう》火器《か》も時間がある時に研究してみてもいいけど……危険だし、やっぱり基本は秘匿《ひとく》。例外としてラインハルトさん達《たち》には相談、というかほぼ丸投げかな」

「うむ、それがよかろう」

ガインに続いて、クフォとルルティアも太鼓判《たいこばん》を押《お》してくれた。

しかし、その瞬間《しゅんかん》、頭を抱《かか》えるラインハルトさんの姿が見えた気がしたが……気のせいだろう。

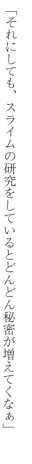

7章26話 スライム魔法のメリット・デメリット

「それにしても、スライムの研究をしているとどんどん秘密が増えてくなぁ」

それだけ便利で価値があるということだし、どんな物でも使い方を誤れば危険だけど。

とか思っていたら、キリルエルが思い出したように、フェルノベリア様へ問いかけた。

「秘密といえば……フェルノベリア。お前、リョウマに話があるって言ってなかったか？」

「え、そうだったんですか？」

「ああ、先日、従魔術《まじゅつ》とスライムの同化能力を組み合わせた砂魔法を使っただろう。その件についていくつか言っておきたいことがあってな」

「セーレリプタの件の後始末があったとはいえ、付き合いの悪いこいつがこんな集まりに参加するなんて、かなり珍しいんだぜ？」

ええっ!?　そんなに大事なお話があったのか!?

もっと早く言ってくれれば、スライムの話よりそっち優先したのに。

「気にすることはない。己《おの》が興味のある物事を探究し、学ぼうとする姿勢は好ましい。また自らの知り得た物事をまとめ、他者に伝える行為《こうい》も学問の発展には重要なことだ」

「ありがとうございます」

で、あの魔法についての話ってなんだろう？

もしかしてーー
「最初に言っておくが、別にあの技法を使うなという話ではない。いくつかの注意点はあるが、むしろ積極的に使ってもらいたいと私は考えている。

先ほど、クフォも竜馬《りょうま》をこの世界に呼んだ理由について話していただろう。詳しい説明は控えさせてもらうが、あの技法をこちらで検証した結果、世界の魔力状況《まりょくじょうきょう》に好影響《こうえいきょう》を与《あた》える可能性が出てきた」

「!?」

「むろん、間接的かつ僅《わず》かな効果だが……日本人は〝塵《ちり》も積もれば山〟と言うのだったな。僅かな大きな問題を解決するには、そういった小さなことを積み重ねていく必要がある。僅かな差だからと馬鹿にはできん」

まさか、あの魔法にそんな効果があったとは。

個人レベルでは魔法を使う＝魔力を消費する。

だが、世界的な広い視点では魔力が回復する？

「詳細《しょうさい》が気になるならば、研究するがいい。これもスライムの性質が関わってこその結果だ」

「！　そうなのですか」

そう答えると、フェルノベリア様は当然のように頷く。

どうやら彼は説明をしないというより、俺に研究の余地を残してくれているようだ。

スライム研究は俺の趣味《しゅみ》であり、楽しくてやっていることだから、配慮《はいりょ》してくれている。

また学問の神としても、なるべく自ら学び答えにたどり着くことを推奨《すいしょう》しているのだろう。

「そして注意点だが、３つある。効果、特殊性《とくしゅせい》、スライムへの影響だ。

効果についてはもう理解しているだろうが、あの技法で通常よりも強力かつ精密な魔法のコントロールが可能になる。転移者特有の豊富な魔力と多数のスライムの力を合わせれば将来的に、かつて世を震撼《しんかん》させた〝災害魔法〟と同等の効果を発揮できる可能性もある」

「災害魔法……初めて聞きましたが、名前からして物騒《ぶっそう》ですね」

「やっていることは普通の属性魔法の組み合わせでしかない。だが、それを使ったのが転移者、それも竜馬が親しくしている公爵家の先祖でな」

「あっ、もしかして魔法に特化していたという」

「そやつだ。あの者は地球の科学知識を組み合わせた強力な魔法を、時代が戦時だったこともあり、周囲に言われるがままに撃ちまくり、多大な被害《ひがい》を出していたからな。いつしか畏怖《いふ》を込めてそう呼ばれるようになっていた。

同等の魔法使用については、常人は論外、転移者だとしても魔法特化でなければ再現は不可能と考えていた。しかし竜馬とスライムなら、今後の成長を加味すれば可能性があると判断した。

積極的に使ってくれると助かるが、時と場合、取り扱いには注意するように。先日のように建造物の解体をしていた時の規模の使用で十分だ」

「教えていただきありがとうございます」

フェルノベリア様は軽く頷いて、次の話に移る。

「次に特殊性。あの技法を使用するには魔法の腕前《うでまえ》よりも、従魔術によるスライムとの意思疎通《そつう》、また高いスライム適性が必要だということが判明した。これが十分でなければ効果は出ないどころか、暴走の可能性すらある。

高いスライム適性を持つ竜馬であれば苦もなく使えるだろうが、そうでない者には習得困難、相性が悪ければ不可能に近い。かなり人を選ぶ技法だ。この件に限った話ではないが、伝える相手はよく選べ」

「承知いたしました」

そして最後、個人的には一番気になる〝スライムへの影響〟だが、

「あの技法を使用すればするほど、スライムの同化スキルのレベルが上昇《じょうしょう》する。そしてレベルが10に達すると、そのスライムは同化対象と完全に一体化し、自然に還《かえ》る」

「……それはスライムが死ぬ、ということですか？」

「我々から見れば否、だが人間から見れば死だろう。従魔との別れになることも否定はしない」

正直、これまでで一番重い。

強大な力を得る代わりに、スライムの寿命《じゅみょう》を削《けず》る、といったところか。

これまでの内容は、まだ人目を避《さ》けたり、周囲への被害に気をつければよかった。

神々が問題視する世界の魔力状況が、僅かでも改善に向かうというなら、密《ひそ》かに使いまくるつもりでいた。

しかし……

「積極的に使って欲《ほ》しい、とは言ったが、強制はしない。使用の判断は任せる」

「ありがとうございます」

世界と俺《おれ》1人の感情＋スライムの命であれば、世界の方が圧倒的《あっとうてき》に重要なはず。

神という立場なら強制もできるだろうに、俺の意思を尊重してくださるのは本当に助かる。

スライムの寿命を縮めるということに少なからず驚き、強制しないフェルノベリア様に感謝していると、

「？」

なんだか、他の神々の視線がおかしい。

呆《あき》れたような視線とジト目で、俺とフェルノベリア様の間を行ったり来たりしている。

「どうした？」

「いや、竜馬が納得してるならいいんだけどさ、フェルノベリアはもう少しちゃんと説明しろよ」

「情報を出し渋《しぶ》ったせいで、変に空気が重くなったじゃねぇか」

「説明を省いた意図は分かりますし、竜馬君も分かってくれているみたいですが、ねぇ？」

「竜馬君は寛容《かんよう》だねぇ。許された僕《ぼく》が言うのもなんだけど、もう少し詳しく教えろとか、食い下がってもいいだろうに」

キリルエルとテクン、さらに普段《ふだん》仲の悪そうなウィリエリスとセーレリプタの意見が合っている。

「竜馬君、フェルノベリアの言葉に嘘《うそ》はない。しかし、数回あの魔法を使っただけでスライムが死ぬわけではない。じゃから、そこまで深刻になる必要はないんじゃよ」

「そうそう。魔力の問題は私達が対処すべきことだし、嫌《いや》なら使わない、で全然構わないんだから」

「何よりも、あの魔法を使った時、使った後のスライムの状態はどうだったか覚えてる？」

ガイン、ルルティア、クフォの言葉を受けて考えてみる。

……そういえば、あの魔法はそもそも遊びのつもりだった。

スライム達も楽しんでいたのか、元気になっていたような気がする。

「スライムにいい影響もある、と？」

「うん。少なくともあの魔法がスライムに苦痛を与えることはないよ。フェルノベリアからもそう聞いたし」

それを聞いて本人（神）を見ると、無表情で分かりにくいが、本当に少しだけ、気まずそうに頷いた。

「詳しく説明すれば、竜馬君の研究という楽しみを奪《うば》うことに繋《つな》がる。それは分かるが、いささか悪い部分だけを抜《ぬ》き出しすぎじゃろう」

そうなのか……なら、ひとまずこの問題は置いておこう。

あの魔法の使用は緊急時《きんきゅう》や必要に応じて、スライムの同化スキルの様子を見ながら。

そしてスライムの研究を続けて、いつかフェルノベリア様が伏《ふ》せている内容を解明する。

何十年かかるか分からないが……

漠然《ばくぜん》としているが、方針を皆に伝えると、

「そのくらいの気持ちでやっていくのがいいべ。竜馬にはまだまだ時間がある」

というグリンプ様の言葉に皆も同意し、この話は終わりになった。

しかし、

「フェルノベリアが、ぷっ、くくく」

隣から聞こえてくる、楽しそうな笑い声。

対して、名前を挙げられた方は不機嫌《ふきげん》そうに問う。

「セーレリプタ、何が言いたい」

「いやぁ、フェルノベリアがそんな配慮するところなんて初めて見たからね。それに、竜馬君に呼ばれる時、別に様付けじゃなくたっていいと思うくらいに気に入ってるのに、言い出せないみたいだしぃ。人間はこういうのを日本では〝ツンデレ〟っていうのかなぁ？って」

「なんだそれは、私は与えられた力を使うだけでなく、積極的に学び、研究しようという

姿勢を評価しているのだ。それは別に竜馬に限ったことではない。それこそ先の話に出ていた災害魔法を扱《あつか》った転移者も、魔法の使い方はともかくとして、相応の努力と工夫《くふう》をしていた。その点は純粋《じゅんすい》に評価をして――」

「男のツンデレは需要《じゅよう》がないと聞くよぉ？」

「――聞け！　勝手に決め付けて話を進めるな！」

そんな叫《さけ》びを、セーレリプタは笑ってスルー。

「まぁ、フェルノベリアに限った話じゃないけど、竜馬君に対する対応を見ていると、新《しん》鮮《せん》だなぁ～って思うよ。皆《みな》、いつもと微妙に違《ちが》うんだもの」

その答えには思うところがあったようで、セーレリプタ以外の皆が言葉に詰《つ》まる。

どういうことなのか？　何があったのか？　そもそも聞いていいのだろうか？

「別に構わないよぉ。竜馬君だって無関係じゃない、っていうかぁ、竜馬君の影響だろうからねぇ」

俺の影響？　と聞き返すと、セーレリプタはうつぶせの状態のまま、首だけをこちらに向けてニヤリと笑う。

「聞いてないかい？　普通、ここ神界に生きた人間は来られないって。それは転移者でも同じことで、通常は教会で修行《しゅぎょう》した一握《ひとにぎ》りの人間が得る〝神託《しんたく》〟スキルが唯一《ゆいいつ》の交信手段。

それも僕らの声を聞くことができるだけだって」

それはだいぶ前に聞いた。

俺はちょっと変わっていることが多い転移者の中でも、特に変わった転移者だと。

「そう、君は〝ボク達に呼ばれなければいけない〟という条件があるとはいえ、魂の状態でここに来て、直接言葉を交《か》わすことができる。そんな存在は、この世界にはこれまでいなかった。だからね、ボクも含《ふく》めて皆、こういう風に人と会話する経験は少ないのさ。もっと言うと、ボク達神々の間では会話も必要ない。やろうと思えば離《はな》れた相手に、直接情報やイメージを送れるからね。さっきのフェルノベリアと竜馬君みたいに〝伝え方〟でお互《たが》いの認識《にんしき》に齟齬《そご》が生まれることは少ないのさ。

ちなみに神託は基本的に神から人へ言葉を授《さず》けるだけだからね、会話にはならないよ」

「なるほど……じゃあ、あれか？　さっきちょっと話題にした、ガイン達から最初に貰った情報も」

「うん、神と人の認識のズレもあっただろうけど、伝え方にも問題があったと思うね。ボク達にとって当たり前のことでも、竜馬君には前提が全く分からない状態だろう？

そういうことを色々気にしながら、コミュニケーションをとろうとしてる皆の様子が、これまで見てきた皆の様子と違うからさぁ、見てて本当に面白くて」

そんなことを言って笑っているが、セーレリプタはどうなのか。

「ボク？　多少は普段と違うところがあるかもしれないけどぉ……ボクは常に平等さ。人間にも神にも等しく、遠慮《えんりょ》とか配慮とかすると思う？」

「無駄《むだ》なことを聞いた気分だ」

こいつが遠慮とか、しないだろう。

そんな思いを肯定《こうてい》するように、皆一斉《みないっせい》に頷いた。

「それでも仲良くしようって気持ちはあるのにぃ、酷《ひど》いなぁ」

「分かった、分かったから絡《から》みつくな、重……くもないのか」

むしろ軽い。異常に軽い。鬱陶《うっとう》しいけど。

「セーレリプタに指摘《してき》されると微妙に嫌じゃが、確かに普段の我々と違うところはあったかもしれんの」

「そうですね。考えてみれば、こうして頻繁《ひんぱん》に私達が集まるようになったのも、竜馬君が来たからでしょう。今回のように9柱も集まるなんて、いつ以来かしら？」

「まだこの世界が生まれた頃は、集まることもあったけど」

「世界が小さかったのもあるわよね。それがどんどん広がって、発展もして」

「必要な情報は送りあえるから、だんだんとバラバラに行動するようになったしな」

「集まるとしても、必要な時に必要な奴《やつ》にだけ声をかけりゃ十分だからな」

「自己を省《かえり》みれば、必要性の有無《うむ》で面会の是非《ぜひ》を決めていた部分はあるな」

「会うにしても、こうして何か飲みながら話すなんてこともなくなったべ」

神々が、しみじみと頷いている。

テレワークが発展して、本当に人と会う必要がなくなって長い、という感じなのだろうか？

神々の力と地球の科学技術を一緒《いっしょ》にしてはいけないかもしれないが。

「いや、実際それに近い状態じゃよ。ただ我々の場合は数百年、下手《へた》をすれば数千年単位で会わないこともある。特に1柱、本当に姿を見せんから、最後にいつ会ったか分からんような奴もおるし……こうして互いに会う機会が増えたこと、そのきっかけになってくれた竜馬君には、ちょっと感謝じゃな」

「何かしたつもりはないけど、それならよかった」

皆、穏《おだ》やかに笑っているので、俺としても嬉《うれ》しい。

「他に話しておくべきことはあったかな……」

スライムの話なら正直、まだまだ語れるのだけれど、

「何か、こう、さっきみたいな重要な話は」

「流石《さすが》にあの魔法みたいな注意はそうそうないだよ。農業の話なら言いたいことはまだまだあるけど、いっぺんに言っても対応できなきゃしようがない。まずはさっき話した分だけしっかり身につけてからがいい。ってことでオラからはもう何もないけど……」

と、グリンプ様が他の皆を見ていくと、

「誰《だれ》もいないならボクから話そうかなぁ」

と、隣《となり》から声が上がる。

「……とりあえず聞こうか」

「そう警戒しないでよ。これから話すことは、キリルエルとも話していたことなんだから」

「アタシと？　おい、何の話だよセーレリプタ」

「竜馬君はもっと直感を磨《みが》くべきだって話。したでしょ？」

「直感？　そういえばそんな話もしたな、例の罰《ばつ》で特訓してる合間に。休憩《きゅうけい》の時間稼《かせ》ぎかと思ってたぜ」

どうやら本当に、事前にそういう話があったようだ。

それにしても、直感とは？

「ほら、竜馬って理屈《りくつ》っぽい方だろ？」

「ん、まぁ、そうかも？　自分ではよく分からないけど」

「別にそれが悪いわけじゃないぜ。ただ、何事も時と場合によるってことさ。

例えば他人に何かを伝える時には、ちゃんと理屈があって、筋道の通る説明が必要だろう。

でも、場合によっては理屈であれこれ考えるよりも、まず動くことの方が大切な時もある」

キリルエルの言葉に納得《なっとく》しつつ、さらに話を聞くと、
もちろん個人の向き不向きもあるし、バランスも大事。

ただ、今の俺は理屈であれこれ考える方に偏《かたよ》っているという。

しかし、

「竜馬は本来感覚派、それこそ直感とかひらめきに優《すぐ》れるタイプだろう、ってことでセーレリプタと意見が一致《いっち》したんだ」

「そうなのか？」

「うん。竜馬君が理屈っぽくなったのは、前世の環境《かんきょう》の影響《えいきょう》かな？

こっちでは熟練者の経験とか感覚に頼《たよ》る部分も多くある。でも、地球は科学が発達している分、データだとか根拠《こんきょ》の方が重要でしょ？

そういう世界で生きるにあたって、論理的思考を意識せざるを得なかった。特に竜馬君は他人とのコミュニケーションに苦手意識を持っていたみたいだから、余計に気にしたというか、努力もしたんだろう。

ただ、その反面、本来の長所を最大限に活《い》かせなくなっているのさ」

「……と言われても」

いまいちピンとこない。

「竜馬君はこの前、失敗したって言ってたでしょ？」

「ああ、街中の雰囲気《ふんいき》だったり、会議場の空気が前世の会社に似ている気がして、ちょっと暴走したけど」

「そこだよ。仮に竜馬君が正しくその〝感覚〟を扱えていたら、そんな風に1人で突《つ》っ走ったりすることもなかったんじゃないかな？」

「あれが？　だってあれ、なんとなく嫌な感じがするってだけで」

「根拠がないって？」

セーレリプタはうつぶせの状態から起き上がり、わざとらしく〝分かってないなぁ〟的なジェスチャーをしてきた。

きっと反応したら負けだろう。冷静に。

「分かってないから、説明早く」

「仕方ないなぁ……直感とか感覚だと、抽象的《ちゅうしょうてき》で分かりにくいかもしれない。けど、ボクは別に適当なことを言って煙《けむ》に巻こうとか、そういうことを考えてるわけじゃない。〝人間は学ぶ〟ってことさ。尤《もっと》も人間に限らず、生き物なら大体そうだろうけど。

たとえば犬が1匹《ぴき》、飼い主が1人いたとして、その飼い主は理由なく、毎日のように犬を棒で叩《たた》きます。さて、犬は飼い主に対してどんな反応をするようになるでしょうか？」

飼い主を恐《おそ》れる、逃《に》げる、または逆に敵意を見せたり、反抗《はんこう》するようになる……大体そんなところだろう。少なくとも好意的な反応は返ってこなくなるだろう。

「それはどうして？」

「そりゃ、殴《なぐ》られれば痛いし、怪我《けが》だってするかもしれない。犬だってそんなの嫌だろう」

「その通り。犬だって殴られれば痛いということを学習するし、棒や飼い主が自分に痛みや怪我を与える存在だということを学習するということ。

そして苦痛を学習した犬は竜馬君が言ったように、苦痛を与える存在から離れる、または排除《はいじょ》を試みるか。どちらにしても苦痛、いや、身に迫《せま》る危機を回避《かいひ》するために行動する。これは能力というよりも、本能。生物が持っていて当然の〝自己防衛本能〟さ。

あとは、技術者だって長い経験とその中で培《つちか》った感覚は大事でしょ？　テクン」

「まぁ、そうだな。一流の鍛冶《かじ》職人は、炉《ろ》の温度、火の色、金属を熱する時間はもちろん、その日の気温や湿度《しつど》まで把握《はあく》して微調整《びちようせい》する。意識するしないに関係なく、体で覚えた感覚っての は馬鹿《ばか》にできないもんだ」

「そして竜馬君は、前世の記憶《きおく》と経験を引き継《つ》いでいる。ここまで言えば、もう分かるでしょ？」

そこまで言うと、セーレリプタは再びテーブルに突っ伏《ぷ》してしまう。

言われてみれば、あの時の俺はさっきの話の犬と同じだ。

危機を感じて、俺は原因の排除に動いた。

体で覚えた感覚は馬鹿にできないというテクンの言葉も理解できる。

「セーレリプタ……」

「ん～？」

「お前、そんな人をよく見ているタイプだったのか……」

「え、そこ⁉　今の話で気にするポイントがそこなの⁉　ボク神だよ⁉」

こちらに向けられたドヤ顔が一瞬《いっしゅん》で崩《くず》れた。

「いや、だってさ？　この前の件で、もっと傍若無人《ぼうじゃくぶじん》なイメージだったから。正直、驚きの方が強い」

「えぇぇ」

「でも、言ってる意味は理解できたと思う」

「ならいいや……悪い思い出や恐怖《きょうふ》も1つの〝経験〟。それが自らを縛《しば》り、苦しめるなら〝トラウマ〟と人は呼ぶのだろうけど、上手《うま》く使いこなせば強力な武器にもなり得る。だから竜馬君はもっと直観力や感覚を磨くといいよ。暴走したとはいえ、状況《じょうきょう》を感じ取れたんだし、君に向いてると思うから」

「分かった。心がけてみる」

と言ったところで、周囲が輝《かがや》き始めた。

「おや、丁度時間が来たようじゃの」

「そうか、時間制限があったの忘れてた。でも、今回はいつもより話せたな」

「今回は9柱がかりで呼んだからね」

「竜馬がここに滞在《たいざい》できる時間は、呼ぶ側である我々の数に比例するようだ」

「私達が集まるいい機会にもなりますし、これからは時々こうして集まるようにしましょうか？」

皆がそんな話になっている一方、

「ところで竜馬君、今日はこれからすぐに帰るのぉ？」

セーレリプタが急に質問をしてきた
「教会に戻《もど》ってからのことか？　そうすると思う、今日はもう予定もないから、帰って例の魔《ま》法《ほう》とスライムの関係でも……あ」

「何かあった？」

「いや、予定はないけど、ちょっと〝子供の家〟に寄っていこうかと」

「子供の家ってあれだよね？　竜馬君が建て直した」

「そうそう、あの家に住んでる子供達に、簡単な仕事を頼《たの》んでるんだよ。大丈夫《だいじょうぶ》とは思うけど、ちょっと様子見に」

「ふーん、いいんじゃないかな」

「？」

自分で聞いてきたくせに、あまり興味のなさそうな反応。

いや、違うか？　興味がないというよりも、

「……今年が終わる3日前の夜」

「は？」

「1人で廃坑《はいこう》にいると、迷いが晴れるかもよ」

「それは――」

周囲の輝きが強くなり、帰還《きかん》の時が訪《おとず》れた。

「じゃ！　またねー」

「おっと、時間か」

「また今度な！」

率先《そっせん》して声を上げたセーレリプタに続いて、皆が俺を見送る。

俺はあっという間に光に呑《の》まれ――

「！」

気づくと、いつもの教会の礼拝堂に戻っていた。

「……はぁ……」

〝今年が終わる3日前の夜、1人で廃坑にいると迷いが晴れるかも〟

セーレリプタは皆に気づかれないように、俺にメッセージを伝える隙《すき》を窺《うかが》っていたようだ。

迷いとは何のことか、あいつの狙《ねら》いは何なのか。

分からないことが多いが、とりあえず1つだけ分かる。

セーレリプタはまた何か企《たくら》んでいるのだろう……なんというか、懲《こ》りない奴だ。

「帰ろう」

そう思って席を立ち、教会を出ようとしたところ、

「タケバヤシさん、すみません。ちょっとお時間よろしいでしょうか？」

「あ、はい。大丈夫ですよ。どうされました？」

「実は今度ご協力いただく炊《た》き出しの件で」

教会のシスターに呼び止められ、ちょっとした相談を受けるのだった。

7章27話 研修医リョウマ

帰宅後

「スライム達の世話、研究の計画確認《かくにん》、ゴブリン達との夕食、風呂《ふろ》……やることやったし、あとは……」

夜になり、寝《ね》るまでの空いた時間を使って、スライムとの魔法について考えることにした。

そしてふと思いついたことを試《ため》すため、部屋の隅《すみ》に用意した水辺で、暇《ひま》そうにしていたマッドスライムを呼び寄せて、〝感覚共有〟をしてみることにした。

「ん～……」

この感覚共有は従魔術の1つであり、主に情報収集に使われる魔法。

視覚を共有する場合が多いけれど、聴覚《ちょうかく》や触覚《しょっかく》、味覚も共有できる。

ただし、スライムは感覚器官を持たないため、感覚共有の効果がないとされている。

……という話を、感覚共有を教わった際、ラインハルトさん達から聞いた。

そして実際に、視覚、聴覚、嗅覚《きゅうかく》、触覚、味覚。

一般的《いっぱんてき》に五感と呼ばれる感覚は、マッドスライムから伝わってこない。

しかし、本番は次。

共有するのは〝魔力感知《まりょくかんち》〟、つまり魔力を感じ取る感覚だ。

これは魔法を習得するためにも、使うためにも必要なステップ。

魔法使《まほうつか》いなら個人差はあれど、魔力を感じ取ることができる。

つまり、気のせいなどではなく、間違《まちが》いなく存在する〝感覚〟の1つと言えるだろう。

五感に次ぐ〝第六感〟と表現してもいいかもしれない。

それにこれまでスライムの研究をしてきた経験から、推測、仮説、検証結果。あらゆる面で魔力が関《かか》わることが多い、という個人的な感想を俺は抱《いだ》いている。

以上の理由から、魔力感知能力の共有を試してみると、僅かに抵抗《ていこう》のようなものを感じた直後……

「！　うっ……あ、っ!!」

感じたのは、衝撃《しょうげき》。そう錯覚《さっかく》するほどの、膨大《ぼうだい》な量の〝情報〟。

その1つ1つを理解することはできず、ただ流《なが》れ込《こ》む情報の奔流《ほんりゅう》を受け止めるのみ。

急速に体が熱っぽくなり、眩暈《めまい》から吐《は》き気《け》、頭痛を感じ始める。

まるで、前世のオーバーワークを思い出させる倦怠感《けんたいかん》。

かつては体調不良を感じても、仕事を続けなければならなかった。

しかし、今は無理をする時ではないし、それを咎《とが》める者もいない。

即座《そくざ》に感覚共有の繋がりを断《た》ち切り、それ以上の情報の流入を遮断《しゃだん》。

それにより一息つけたものの、しばらくは起きた状態でいるのが辛《つら》く感じるのだった。

「これは……注意と原因究明が必要だな……」

■ ■ ■

翌朝になると、体調は回復した。

この日は病院で仕事兼《けん》勉強の予定だったので、空間魔法で街へ。そして病院へ。

更衣室《こういしつ》で俺専用に用意された白衣に着替《きが》えたら、医局の待機室に出勤。

マフラール先生を筆頭に、公爵家《こうしゃくけ》から来てくださった医師５人は既《すで》に集まっていた。

「おはようございます！」

「おはようございます。今日もよろしくお願いします」

朝の打ち合わせが始まり、今日の仕事を確認。

各自の業務や研究内容で連絡事項《れんらくじこう》などを報告しあっていると、少し時間が余った。

そのため、昨夜の症状《しょうじょう》について少し聞いてみた。

今は大事な時期なので、念のために。

一時的とはいえ、体調不良を引き起こしたので、似た症例《しょうれい》や原因を知っているかと考えて。

その結果は、

「現状、特に体に問題はないようです。原因は〝精神的な負担〟と〝疲労《ひろう》〟でしょう。体ではなく頭を酷使《こくし》したようですね」

精神的な負担はストレス、あとは脳疲労、というやつだろうか?

「ええ。特に治療《ちりょう》は必要ありませんね。強《し》いて言えば〝休む〟ことですが、現状で問題を感じないのなら、普段通りに過ごして構いません。

ただ、発症《はっしょう》までの経緯《けいい》は気になりますね。スライムと感覚共有をしたら、膨大な情報が流れ込んだ……不慣れな術師の場合、魔獣《まじゅう》の感覚と自身の感覚が混ざり、気分が悪くなることはあると聞きますが」

マフラール先生が言っているのは、カメラの映像がブレて酔《よ》うような状態のことだろう。

感覚共有の練習を始めた頃《ころ》にはそういうこともあった。

しかし、

「先生が仰《おっしゃ》るのとはまた違う感覚でした。例えるなら、無理やり大量の書類を高速で読まされ続けるような……」

「そうなると、私には分かりませんね。ジャミール家に仕える者として、聞き齧《かじ》った知識はありますが、従魔術《じゅうまじゅつ》は専門外です」

「今度テイラー支部長と会う予定があるので、その時に聞いてみようと考えています」

「ええ、従魔術については、その方がいいでしょう」

俺達《おれたち》がそんな話をしていると、

「もしかして……いや、まさか」

「？　何か分かりましたか？」

研修医の1人、クラリッサさんが何か呟《つぶや》いたので、聞いてみる。

「リョウマ君の話で、子供の頃に聞いた〝魔眼《まがん》〟のお話を思い出しまして」

いかにもファンタジーっぽい話が、脈絡《みゃくらく》なく出てきた。

「クラリッサさん、魔眼とは？」

「ご存知《ぞんじ》ありません？　高名な冒険者《ぼうけんしゃ》の逸話《いつわ》にもありますし、童話にもなっていると思うのですが……あっ、地方や種族によっては違う呼び方をすることもあるそうですね。たとえばマフラール先生のようなエルフには精霊眼《せいれいがん》という名で伝わっているとか」

「申し訳ないのですが、童話や伝承の話には疎《うと》いもので」

「あら、そうなの？」

「薬の知識は僕でも舌を巻くくらいなのに……」

「薬に限らず、難しいことを沢山《たくさん》知っているイメージだったけど、誰でも知ってるような童話を知らないとは意外だね！」

「ははは……」

薬の知識は神様から貰《もら》ったからな。

いつも助かってます。特に最近は。

「では、簡単に説明させていただきますと……魔眼の持ち主は、〝常人の見る世界とは異なる世界〟を見ることができる。ただしその代償《だいしょう》として、あるいはその眼を使いこなせぬ場合、魔眼は所有者に〝激しい頭痛〟を与《あた》えたり、所有者の意識を呑みこんだりする、という言い伝えがあります」

「そうなんですか」

確かに状況はちょっと似ているかも？

「魔眼は使いこなせれば強力な能力だけど、代償の頭痛は本当に酷いらしいわ」

「頭を鈍器《どんき》で殴りつけられるとか、脳を焼かれるとかいう例えがよく出てくるよ！」

「魔眼を持って生まれた者は、ほとんどが自ら死を選ぶと言われてる……」

「物騒《ぶっそう》ですね」

「ええ、ですから少し状況が似ているというだけです。同じものであれば、今こうしてお話しできる状況ではないかと」

確かに。と、研修医の４人と俺は笑い合い。

「さて、皆そろそろ時間です。今日も一日、頑張《がんば》りましょう！」

『はい！』

マフラール先生の号令で、各々《おのおの》の仕事場へ移動を開始。

俺はまず、調剤《ちょうざい》室へ向かう。

「じゃ、行こうか……」

「行きましょう」

同行するのは研修医の１人、エクトルさん。

ちょっと雰囲気暗めの彼《かれ》は薬学、特に毒物に詳《くわ》しく、〝解毒《げどく》〟のプロフェッショナル。

この病院では治療に使う薬品、患者《かんじゃ》さんに処方する薬の調剤を主に担当している方だ。

そんな彼の下で助手として仕事をしつつ、経験を積むのが勉強の１つ。

ちなみに彼もどちらかというと研究畑の人間。

そのせいか、おそらく研修医の中では一番話しているし、気の合う人である。

「あ、そうだリョウマ君。さっき話した薬草の在庫なんだけど」

打ち合わせの時の話だな。

聞いたところによると、エクトルさん達《たち》も今年の冬がさらに厳しさを増すと予想し、患者さんへの影響を懸念《けねん》しているとのことだった。

そこで必要になりそうな薬草は、できるだけストックを用意しておきたいという話だった。

「必要なものをリストにしていただければ、可能な限り調達します。あ、そういえば昨日、例の子供達に預けた薬草、引き取ってますよ」

「例の子供……ああ、君が建て直した家の子供達か」

病院で使用する薬の量は、個人的に使用するのとは桁違《けたちが》い。

大量の薬を作るには、当然それだけの材料と労力が必要となる。

そして〝薬の材料〟と一口に言っても、その性質は品によって様々。

専門知識がなければ扱えないものもあれば、素人《しろうと》でも簡単に処理できるものもある。

そこで俺は先日建て直しをした〝子供の家〟の子供達に、内職として、病院で使う薬草の下処理を、簡単なものだけでいいので手伝ってもらえないか？　と持ちかけたところ、二つ返事でやると答えてくれた。

彼らも生活のために、幼くてもできる危険度の低い仕事に従事していたと聞いているので、悪い話ではないと考えてくれたのだろう。

「すぐ使える？」

「昨夜、ざっと確認しましたが、特に問題ないと思います。今出しましょうか」

「ある分は全部お願い。確認するから」

ということで、昨日預かったものをアイテムボックスから取り出していく。

「……問題ないね。きちんと丁寧《ていねい》に処理されている」

「作業の難易度と丁寧さはまた別の話ですからね。その点、彼らは真面目《まじめ》にやってくれていると思いますよ。今後もお願いしようと思っています」

エクトルさんは処理済みの薬草が詰められた箱を1つずつ、開けては中身の状態を検品してニヤリと笑う。子供達の仕事ぶりに納得してくれたようでよかった。

「……始めようか」

「はい」

いきなり沈黙《ちんもく》が流れることも、話が切り替《か》わるのもよくあること。

まずは今出したものを整理してから、作業に入る。

そして作業中は基本的に無言。

薬は扱いや量を間違えれば、毒にもなる。

お互いに、自分のやるべき作業に集中し、必要な時に最低限の言葉を交わす。

要求される薬を、丁寧に、正確に作る。ただそれだけに没頭《ぼっとう》する……

「……ふぅ」

「リョウマ君」

「はい、なんでしょう?」

「休憩にしよう」

エクトルさんの手には、湯気の立つコップが2つ。

「えっ？　あっ！　もう3時間も経《た》ってたんですね」

どうやら、俺《おれ》の作業が一段落する時を見計らって、飲み物を用意して声をかけてくれたようだ。

「僕《ぼく》もさっき気づいた……というか、いつもは僕も皆に声をかけられる方なんだけど……僕以上に没頭する人を初めて見た気がする。

ところで、飲み物はこれで大丈夫？」

「？　あ、これは」

「君がいつも飲んでるやつ……葉の量とお湯の量は見ていたから、間違ってないはず……前から気になってたけど、それ薬草茶だよね？　炒《い》ったダンテの根に乾燥《かんそう》させたヨムギ、僕の間違いでなければギルコダの葉も入ってる」

「流石ですね」

　前世から愛飲している薬湯、もといタンポポコーヒー（改）の材料の内、３種類を見ただけで理解したようだ。

「薬効は？」

「滋養強壮《じようきようそう》、血行促進《そくしん》、貧血予防、精神安定、毒素排出《はいしゆつ》、健胃等々、色々あります」

「ヨムギは幅広《はばひろ》い症状に効果があって〝身近にある万能薬《ばんのうやく》〟と言われるくらいだからね」

「……興味があれば、飲みますか？」

「いいの？」

　だって、視線がコップに釘付《くぎづ》けになってるもの……そしてその気持ちが分かってしまう。俺も誰かが、俺にとって未知のスライムを連れていたとしたらそうなるだろう。

　黙《だま》ってコップを交換《こうかん》し、代わりにエクトルさんの持っていた紅茶を貰う。

　淹《い》れて貰った手前、口には出さないが、彼の紅茶はお世辞にも美味《おい》しいとは思えなかった……

「そうだ」

「？」

タンポポコーヒーに集中していたと思ったら、突然《とつぜん》こちらを見るエクトルさん。

「今更《いまさら》だけど、こんな真冬によく沢山の薬草を仕入れられるね」

「ヨムギとか数種類の薬草は個人的に栽培《さいばい》を始めたのと、あとはスライムのおかげですね」

「そう言うと思ったけど、僕は薬草そのものの調達より、メディスンスライムの薬液で代用する方が現実的かと考えてた。薬草を作れるスライムなんていたの？」

「実は、僕自身も最近気づいたことなのですが、ウィードスライムの力で生産可能だったんです」

ウィードスライム、つまり雑草スライム。

しかし、この世界に〝雑草〟という名前の草はない。

先程《さきほど》から名前の挙げられている〝ヨムギ〟は薬草として使われている。

しかし繁殖力《はんしょくりょく》が強く、街中の空き地などに群生して、雑草として扱われることもある。

つまり雑草とは、人間の都合で、その時の目的や状況にそぐわず、邪魔《じゃま》になる草のこと。

そしてウィードスライムとは、そんな多種多様な草を餌《えさ》とする。薬草や毒草といった、偏った嗜好《しこう》を持つのではなく、陸上に生える草なら何でも食べる。金属なら何でも食べるメタルスライムの草バージョンとでも言うべきスライムだったのだ。

だから、ウィードスライムの、雑草を生やして潜伏《せんぷく》や擬態《ぎたい》に使う能力を応用すれば、薬草も生やせた。

そう気づくまで薬草が生えなかったのは、きっと俺の指示が悪かったから。俺の持つ雑草のイメージが伝わってしまい、ウィードスライムが薬草やその他の用途《ようと》に使える草を生やさなかったのだと思う。

〝思《おも》い込み〟というものは、思い込んでいる、と自分で気づかないのだから怖《こわ》い。

そして研究者としては反省すべきだと、しみじみ思う。

「ちなみにウィードスライムの食事は水と日光と、スカベンジャースライムの作る肥料。ゴミ処理場の件もあって、肥料が毎日、大量に手に入る目処《めど》が立ったので、やろうと思えば今後は薬草の大量生産も可能だと思います。というか一部は既に始めてます」

ウィードスライムが薬草や毒草も生やせると分かった。でも、薬草スライムや毒草スライムも、存在するならそれはそれで欲《ほ》しい。だから現在は無数のウィードスライム達の中から、元々好む木属性の魔力に加え、毒属性の魔力に興味を持つ個体を候補として選び、進化を待っている状態だ。

「本音を言うと、ここに来るまでスライムに興味なんてなかったんだけど……侮《あなど》れないね」

「スライムの魅力《みりょく》と能力を認めていただけて、僕は嬉しいです」

なお、スライムの体液への研究を経て、新たに発覚した事実がもう1つあるのだけれど
……これを話していると休憩の時間を大幅《おおはば》に超過《ちょうか》しそうなので、また別の機会にしよう。

休憩を終えて、再び作業に戻り、没頭し……与えられたノルマが完了《かんりょう》。

「エクトルさん。こちらの作業、全《すべ》て終わりました」

「ありがとう。後は僕1人で大丈夫だから」

「では、僕は次の仕事に行きますね」

ということで、次の仕事へ。

次の仕事は、病院に訪れる患者さんの診察《しんさつ》と治療。つまり〝実践《じっせん》訓練〟である。

基本的に患者さんは、他の部署で雇用《こよう》した労働者の方々。

彼らは遠方からわざわざギムルにやってきて、あまりいい生活ができていなかった人が多い。

環境の違《ちが》いや生活の事情から体調を崩していた人もいたし、雇用後に安心したのか、それまでの疲労が出てくる人もいた。

そんな皆《みな》さんにはこの病院で、福利厚生《こうせい》の一環《いっかん》として、そして俺と研修医チームの経験

値として、治療を受けてもらうことになっている。

「お疲《つか》れ様《さま》です」

「おや、来ましたね。ちょうどよかった」

診察室《しんさつしつ》の裏に顔を出すと、マフラール先生が待機していた。

既にエクトルさん以外の研修医3人は、それぞれの診察室で患者さんの診察を始めている。

看護師として雇《やと》った方々がせわしなく裏と診察室を行き来しているところを見ると、今日は患者さんが多いのかもしれない。

「たった今、警備隊の方々がいらっしゃったのですよ」

「僕の担当じゃないですか。すぐに用意します」

唐突《とうとつ》だが、マフラール先生の指導内容は実践的《じっせんてき》かつ、指導を受ける俺達の将来の目標や目的を考慮《こうりょ》して、調整されている。

たとえば俺の場合、目的は冒険者として活動する上での〝健康維持《いじ》〟と、いざという時の〝生存率の向上〟だ。

そこで必要になるのは、どんな症状にも対応できる知識と技術……ではない。

もちろん幅広い知識を修め、技術的にも習熟して、どんな症状にも対応できれば最高だ。

ただし、それだけの知識と技術を修めるには、とてつもない時間がかかる。

医学の道に人生の全てを捧《ささ》げて修められるかどうか、というレベルである。

俺の目的はあくまでも、冒険者活動をする上で健康維持と生存率向上に役立つ知識と技術なのだから、名医になるのは本職のお医者様に任せておけばいい。

だから俺は自分や仲間の体調を管理し、緊急時《きんきゅう》には処置をして、優れた知識と技術を持つ医師の下まで〝命を繋《つな》ぐ〟。そういう知識と技術を中心に教えていただいている。

そして、その中心となるものが――

「お世話になります！」

「アモスさん？　貴方《あなた》先週も来てましたよね？　市民としては警備隊の皆さんが体を張って守ってくれているということですし、僕個人としては治療の勉強になってありがたいですが、無茶《むちゃ》しすぎでは？」

「はっ、それは隊長にも言われました。しかし、今回は子供を守るのに必死でして……」

「その結果が、その吊《つ》ってある腕《うで》ですか」

「角材で殴られました」

「他にどこか怪我はありますか？　頭を殴られたとか」

「頭は守ったであります。背中も殴られましたが、そちらは平気です」

「一応、診察させてもらいますね。背中をこちらに向けてください」

このような、戦闘行為《せんとうこうい》によって受けた傷の治療。

〝戦闘《せんとう》外傷治療〟とでも呼ぼうか？　それが俺の専門分野である。

そして、このような傷を治療するために必要な魔法や薬品、医療《いりょう》器具の使い方を学び経験を積む上で、日々街の平和を守るために体を張ってくださる警備隊の方々は、俺にとって最高の教材。他の研修医の皆さんにとっても経験になるのでありがたい。

警備隊の方々には多少の優遇《ゆうぐう》、優先的な治療を約束しているとはいえ、俺のような新米に大事な体の治療をさせてくださることに感謝。そしてその信頼《しんらい》を裏切らないよう、誠心誠意、診断《しんだん》と治療を行わなければ。

……傷の様子や他の診察結果から、背中はヒール。骨折した腕はハイヒールで治療可能と判断。

「痣《あざ》はできていますが、背骨に問題はないようなので、回復魔法をかけていきます。いいですか？」

「お願いします、子供先生」

……ちなみにここに来る患者さん達は、いつの間にか俺を〝子供先生〟と呼ぶようになった。

普通《ふつう》〝若先生〟とかじゃないのかと思ったが、患者さんはこの病院の先生方が全員若いと言う。

確かに研修医の４人はまだ20代、マフラール先生の実年齢《じつねんれい》はともかく、見た目は４人と同程度。

だから俺個人を指す時は、子供先生という呼び方で定着したようだ。

指導担当のマフラール先生からもＧＯサインが出たことを確認し、回復魔法をかけていく。

「……?」

回復魔法をかける時の心得やコツも、先生から改めて教わった。

以前はなんとなく傷が治る様子をイメージして、回復魔法を使っていた。

だが、プロの回復魔法使いは、おさえるべき点をおさえて回復魔法を使う。

その1つが〝魔力体〟の意識。

生物には肉体と重なるようにもう1つ、魔力で構成された体があるとされる。それが魔力体。これは魔法を使う際に意識する〝体内の魔力〟でもあるが、これが回復魔法を使う上で、特に大切なのだという。

マフラール先生曰《いわ》く、魔力体にはその人の体の情報が詰《つ》まっているそうで、回復魔法を使う際には対象の魔力体を感じ取り、相手の体の完全な情報を読み取り、それに近づけるようイメージする。

……と教わったものの、言うは易《やす》く行うは難《かた》し。

集中した状態で、相手の魔力体を感じるまではできたものの、これまでは輪郭《りんかく》があやふやな人型の魔力の塊《かたまり》がある、としか分からず、情報の読み取りなんて全く感覚が掴《つか》めていなかった。

しかし……何故《なぜ》だろうか？　今日は調子がいい気がする。

情報の読み取りはまだ分からないが、以前よりもはっきりと魔力体を感じられる。

魔力体と重なる肉体、患部《かんぶ》である背中の痣に集中すると、僅《わず》かな違和感《いわかん》を覚える。

ほんの僅かに、ズレがあるような……もしかして、これのことだろうか？

「『ヒール』」

痣の治る過程、そのイメージを整えて、回復魔法をかける。

すると痣は瞬《またた》く間《ま》に消え去り、患部は元の肌《はだ》の色に戻っていた。

2回は必要だと思ったんだけど……効果が上がった？

患部を確認するが、問題ないようだ。

腕の骨折の処置に移り、今度はハイヒールをかける。

すると完治に3回と想定していたところが2回で十分だった。

「すっかり治りました！　子供先生ありがとうございました！」

「お大事に～」

立ち去る背中を見送って、振《ふ》り向くと、

「どうやら、魔力体を感じるコツを掴んだようですね」

にっこりと笑ったマフラール先生のお言葉。

「さっきの感覚が、そうなんでしょうか？」

「私にリョウマ君が何を感じたかは分かりません。しかし、状況を見る限りそうでしょう。魔力体を感じ取り、情報を読み取れるか否《いな》かで、回復魔法使いの腕前《うでまえ》は大きく変わってきます。先程の魔法は明らかに、以前見せてもらったものより効果が上がっていました。

しかし、まだまだ序の口ですよ。魔力体の読み取りに習熟すれば、切断された四肢《しし》を接合する回復魔法も修められますし、極《きわ》めれば瞬時《しゅんじ》に体の異常を見抜《みぬ》くことも可能だそうです」

なにそれ、人間CTとか人間レントゲンが可能になるのだろうか？

「尤《もっと》も、そこまでの領域に至るには相当な努力と長い年月が必要です。私も人族の人生1回分は生きていますが、いまだに到達《とうたつ》できていません。

それよりもコツを掴めたならば、それを忘れないようにしなければ。次の患者さんの治療を始めましょう。

あっ、なるべく回復魔法を使える患者さんがいいですね。選んできますので待っていてください」

そう言って診察室を出て行ったマフラール先生は、回復魔法の必要な警備隊の患者さんを確保。そして俺は、次から次へと送られてくる患者さん達に、回復魔法をかけまくることになった。

マフラール先生は常に穏《おだ》やかで指導は適切だが、実践重視で割とスパルタな先生なのかもしれない……

7章28話 不穏な動きと対策会議

昼を過ぎ、午後になると、患者さんが減ってくる。

そこで研修医の皆さんは、外来を交代制にして、空いた時間に勉強と研究に勤《いそ》しみ、積極的に意見交換も行っている。

ちなみにその内容は……

体育会系のティントさんは、プロテインやトレーニングに興味を持ち。

薬と毒が専門のエクトルさんは、より安全性の高い麻酔《ますい》や鎮痛剤《ちんつうざい》を求めて。

栄養剤《えいようざい》の研究に強い興味を持っていたクラリッサさんは、栄養素に関する調査。

皆さん、俺に各自の専門分野で協力してくれている。

「いつも本当に、ありがたいです」

「別にいいわよ、私達も興味があるんだから。それよりも、先日の化粧《けしょう》落としのサンプルについての話だけれど」

意見交換を始めたのは、美人女医のイザベルさん。

彼女《かのじょ》が協力してくれているのは、俺の最も苦手とする〝美容〟関係。

以前、公爵家に挨拶《あいさつ》に行った時には、バスボムやシュガースクラブを作った。

しかしそのせいで、美容に関係するものが作れる、と奥様《おくさま》に期待をされてしまった。

特に催促《さいそく》が来ているわけではないけれど、そういう方向性の勉強と製品開発も頑張りたい。

女性で医学知識もある彼女は強力な協力者だ。

たまに急患《きゅうかん》が運ばれてきたりもするが、基本的に穏やかに時間が過ぎていく。

特に経営に困っているわけでもないし、病院が暇なのはいいことである。

■■■

そして、夕方。

帰宅の準備をしていると、メイドのリリアンさんがやってきた。

「リョウマ様。少々お時間をいただきたいのですが」

もう帰るだけだったので、問題ないと告げると、会議室に案内された。

室内には警備会社担当の、ヒューズさんとジルさん。

ゴミ処理場を主に担当してくれているゼフさんとカミルさん。

俺のサポートをしてくれている、リリアンさん、ルルネーゼさん、リビオラさん。

ここまでは、公爵家から派遣《はけん》されたいつものメンバーなのだが、

「リーリンさん？」


「店主、こんばんは」

洗濯《せんたく》屋勤務のリーリンさんがいた。

別に彼女がここにいるのが悪いというわけではないのだけれど、公爵家の顔ぶれに1人交ざっているのは珍《めずら》しいというか、これまでにないことだ。

とりあえず座《すわ》って、話を聞いてみる。

まず最初に口を開いたのは、リーダー（研修中）のヒューズさん。


「リョウマも来たし、話を始めるぞ。無駄《むだ》な話は省いて本題からいく。〝例の調査〟についてだが、8割方終わった」

ああ、あの件についてか。しかし、8割方？

「調査は完了まであと一息。引き続き継続《けいぞく》ってことでいいんだが……調査の過程で妙《みょう》な行動をしてる奴《やつ》が見つかってな。そいつについての対応を話し合いたい」

「対象者は？」

「洗濯屋の店員で、新しく入った警備担当の〝ユーダム〟って男だ」

彼、か……

「リーリンさんがこの場にいる、ということは、既に調査を進めていたんですね？」

「その通りネ」

「事後承諾《しょうだく》になっちまうが、ちょっとした確認のつもりだったんだ。だよな？」

「そう、最初は私と父のカンだけ。証拠《しょうこ》ない。

あの人、お店の仕事がない時間に、よく出歩いてただけ」

「仕事はちゃんとしてるし、休憩《きゅうけい》時間に外の空気が吸いたくなることもあるだろ？　俺もそうだし、そいつもそうかもしれない。ってな感じで、特別変ってわけじゃなかったんだと」

「しかし、彼女とその父上は元々裏の仕事を生業としていたと聞いている。それ故《ゆえ》に感じるものがあったのだろう」

ジルさんの言葉に、リーリンさんが頷《うなず》く。

「私、ちょっと気になった。だから、あの人が出かける時、ついていくことにした。街を案内する、一緒《いっしょ》に行きたい、言ったらとても喜んだよ」

「ああ……想像できそう」

ユーダムさん、ちょっと女性に対して軽い感じだからなぁ……

その分、警備中も愛想《あいそ》いいし、お店に来る子供から奥様方《おくさまがた》まで、女性からの評価は高いって聞いてるけど。

「で、結果が黒だったと」

リーリンさんが一度頷くと、ルルネーゼさんに目を向ける。

その手元には紙が数枚あり、おそらく彼の行動が書かれているのだろう。

「最初は街中を歩き回るだけだったそうですが、最近は探《さぐ》りを入れるような行動も目立ちます。それも〝リョウマ様の関わった場所を中心に〟です。

転んで怪我《けが》をしたという理由で病院を訪《おとず》れたり、警備会社の訓練に興味があるので見学できないかと尋《たず》ねたりしていたと、職員の証言がありました」

「ゴミ処理場にも来ていることを確認《かくにん》してますし、子供たちの話によると、建て直した〝子供の家〟の周辺にも姿を見せているそうですよ」

「坊《ぼっ》ちゃんが潰《つぶ》した元スラム街のあたりをうろついて、建築作業員の休憩中に話しかけたって情報もありやすぜ」

「いくら今では区画整理が進められているとはいえ、少し前までスラム街だった場所を、理由なくうろつくというのは、普通の行動ではありませんね」

「最後に、これはつい先日のことですが、フェイ様が普段《ふだん》以上に周囲を警戒《けいかい》して外出する彼の姿を確認。尾行《びこう》したところ、路地裏で男性1人と接触《せっしょく》し、手紙のようなものを受け渡《わた》す現場を目撃《もくげき》したそうです」

ルルネーゼさんに続いて、カミルさんとゼフさんからも情報が出た。

リビオラさんの普通の行動ではない、という意見も確かにそうだろう。

そして最後の手紙受《う》け渡し現場……

「ルルネーゼさん。そこまで情報が集まっているとなると、彼がどこかの密偵《みってい》、もしくは調査員であることは間違《まちが》いなさそうですね」

「我々はほぼ確信しています。ただ、リーリンさんが仰るには、その手の人間にしては分かりやすい。ろくに訓練を受けていない、素人同然だと」

そうなのか？　と彼女に目を向けると、

「店主、これは父とも話した。間違いないネ。お金か何か貰って、情報を流しているだけ、と思います」

「なるほど」

ユーダムさんとは正直、出会ってまだ日は浅い。

彼について、俺が知らないことはあるだろうし、彼が話していないこともあるだろう。

その道のプロかどうかはともかく、こちらの害になる行動をされると困るのは事実。

しかし、
これまでの彼の行動を、俺が知る範囲《はんい》で思い出してみると、裏切りみたいな行為《こうい》をするような人じゃないと思うんだけど……性格は軽いけど。でも、俺も人を見る目に自信があるわけじゃないしな……

それに何より、その道のプロだったフェイさんとリーリンさんが、彼をスパイと判断した。

そうなると、間違いの可能性はない。あったとしてもかなり低い確率だろう。

証拠は十分、俺は2人を信頼しているし、腕前を疑うつもりもない。

「問題は、どう対処するかですね」

「そこなんだ。ユーダムって奴がどこかに情報を流してるのは間違いない。だが、小金に目が眩《くら》んだ素人を捕《つか》まえても大した意味はない。フェイさんが言うには、ユーダムの密会相手は〝本物〟だろうってことだから、捕まえるならそっちだな。

しかし本物の諜報員《ちょうほういん》が相手なら、こちらの些細《ささい》な動きを察知して姿を消す可能性もある、というわけで行動は慎重《しんちょう》にしなきゃいけねぇ」

「被害《ひがい》というか、流されている情報はどこまでか、分かったりしますか？」

「これまで目撃された場所や行動から推測するに、おそらく調べれば誰《だれ》でも知ることができる噂《うわさ》程度だろう。内部の機密情報を抜《ぬ》き取れるような場所には入り込《こ》んでいない……それがまた悩《なや》ましいところなんだ」

ジルさんが言うには、

ユーダムさんは情報を流している存在として、簡単に尻尾《しっぽ》を掴めた。

しかし、彼に流出させられる、と考えられる情報は、知られても大して困らない情報。

むしろ、問題ないのでこちらから公開している内容も含《ふく》まれているだろう、とのこと。

つまり、鬱陶《うっとう》しいけど、しばらく泳がせていても問題ない。

あまりに簡単に尻尾がつかめるので、囮《おとり》に使われている可能性もなくはない。

「取り押《お》さえるにも、泳がせるにも、中途半端《ちゅうとはんぱ》な対応はよくないからな。方針を決めたい」

ヒューズさんの一言で、参加者が意見を口にしていく。

そして俺を除いた8人が己《おのれ》の意見を述べた時、多少の差異はあれど、取り押さえるに賛成が4人、泳がせるに賛成が4人と、意見が割れた。

自然と最後になった俺に、注目が集まる。

そんな中で、俺は少し考えて、意思を伝える。

その後、会議は少々紛糾《ふんきゅう》したものの、最終的には1つの結論に至る。

「決行は明日の夜。以上、解散だ」

「各々、準備は万全《ばんぜん》にな」

■　■　■

次の日
「その台はこちらへ。もう1つは反対側にお願いします！」

今日は朝から、警備会社と病院の内装に手を加えている。

その理由は2つある……まず1つ、これまでは労働者の雇用と会社の運営が第一だったから。

とりあえず業務に問題のない状態を整えただけで、細かい内装は先送りにしていたため。

今はもう仕事に余裕《よゆう》が出ているので、会社の顔となる受付や、病院の待合室くらいは……

ということで、

「ありがとうございました！」

元は受付と来客用の椅子《いす》だけの、殺風景でだだっ広い空間に、特注した木製の台を設置。

さらにその上に、サイズを合わせて硬化液板《こうか》で作り上げた〝巨大水槽《きょだいすいそう》〟を設置した。

他にも比較的《ひかくてき》小さな水槽《すいそう》と台を用意して、受付と来客の待機所を仕切るように配置。

協力してくださった建築部門の人にお礼を言って、見送ったら、後は俺の仕事。

「まずは水魔法《みずまほう》で」

巨大水槽の半分ほどを水で満たしたら、マッドスライムが同化した泥《どろ》を底に敷《し》き。

続けてアクアティック水棲《すいせい》ウィードスライムや、ストーンスライムで景観を作り。

水槽内の生き物として、シェルスライムを放す。

そして最後に重要なのが、水槽内のゴミを取り除き水質を維持すること。

そのためにフィルタースライムと……最近、新たに進化した〝アクアスライム〟を入れる。

アクアスライムはファットマ領で捕まえていた、水属性の魔力《まりょく》を好むスライムが進化した個体で、〝水の身体を持つ〟。ここが重要。水魔法を使うスライムではなく、ブラッディースライムに続く、液体の身体を持つスライムだ。餌は水で、他の個体と比べて大量に飲み続けた末に進化した。

アクアスライムはマッドスライムと同じく、〝同化スキル〟を持っていて、こちらの対象は当然な気もするけれど〝水〟。同化状態で活動してもらうことで、水槽内に水流を作り、フィルタースライムを通して濾過《ろか》を行う。

これでスライム任せの超お手軽濾過装置として働いてくれるのだ！

ちなみに、同じファットマ領産まれの水属性魔力を好むスライムから、水魔法を使う〝ウォータースライム〟もしっかり確保している。

それはそれ、これはこれ、である。

「さて、あとは水で満たして――」

1つ完成したら、次の水槽へ。

全部同じではつまらないので、水草の種類や石の形、または底に敷くもので変化をつける。

集中しているうちに、最後の作業になっていた。

「ここはこうして……」

「リョウマ様、もうじきお昼になります」

「あ、もうそんな時間ですか」

メイドのリリアンさんに言われて気づいた。最近はすぐに時間が経ってしまう。

仕事と言いつつ、好きなことしかしていないので、当然だけど。

「これが最後なので、早めに終わらせます。それから食堂でお昼をいただきます」

「かしこまりました。ご注文の鉢植《はちう》えも届いていますが、そちらは」

「どこか邪魔にならないところにまとめておいてください。午後からはその鉢植えに、観葉植物代わりのウィードスライムを植えていきますから。あと、館内に配置するのはお任せします。1部屋に1つ置いてあれば十分ですから」

そうすれば、完成する。

一見、観葉植物と水槽にしか見えないスライム達《たち》。

彼《かれ》らを通して、館内の人の存在と移動を把握《はあく》するための、スライムセンサー網《もう》が。

そして、館内に入ってきた獲物《えもの》を逃《に》がさないための罠《わな》を作る下準備も……

■■■

そんな準備をして……夕方。

日も落ちて間もない頃《ころ》に、俺は中庭に立っていた。

防寒用の結界が張ってあるので、屋外だけど寒くはない。

壁《かべ》には等間隔《とうかんかく》で灯《あか》りが設置されていて、明るさも十分。

足元は刈《か》り揃《そろ》えられた柔《やわ》らかい芝《しば》で覆《おお》われている。

転んでも、これなら多少は衝撃《しょうげき》が軽減される。

そんな中庭で――

「待たせたね、店長さん」

――俺はユーダムさんと向かい合った。

7章29話 ユーダムとの試合

「こちらこそ急に呼び出してしまって、申し訳ないです」

「格闘《かくとう》訓練ならいつでも大歓迎《だいかんげい》だよ」

ユーダムさんは体術を極めるべく、武者修行《むしゃしゅぎょう》の旅をしていた。

それに以前、口約束だが試合をしようという話もした。

仮にそれが潜入《せんにゅう》のための設定だったとしても、好都合。

俺《おれ》の訓練に付き合ってもらいたい、という名目で、彼をここに呼び出した。

そして今、互《たが》いに素手《すで》と普段着《ふだんぎ》で相対している。

……尤も、俺の普段着は例によって、
・強靭《きょうじん》なスティッキースライムの糸で作った防刃《ぼうじん》インナー
・ベルト内に仕込《しこ》みアイアンスライム（隠《かく》し武器）
・安全靴《あんぜんぐつ》仕様のブーツ
という完全装備でいざという時に備えているけれど。

「ルールは武器や攻撃《こうげき》・防御魔法《ぼうぎょまほう》は使用禁止。強化魔法《まほう》や気の使用はアリ、でいいかな？」

「大丈夫《だいじょうぶ》です。そのルールで始めましょう」

俺が体を揺《ゆ》らし、自然体で構え、答えるのとほぼ同時。

ユーダムさんは、３メートルほど離《はな》れた地点で、軽く握《にぎ》った両の拳《こぶし》を前に出す構えをとった。

見た感じはボクシングに近いが、両足の間隔《かんかく》は広めに、しっかり地に足をつけている。

「いざ！」

その瞬間《しゅんかん》、彼は一気に間合いを詰め、勢いを殺さずに突《つ》いてきた。

しかし、魔力や気は感じない。

強化アリなのに使わないのは、様子見か、手加減か。

そんな思いが一瞬《いっしゅん》頭をよぎったけれど、

「子供に対して打つ一撃《いちげき》じゃないなぁ……」

「平然と避《さ》けておいてよく言うね！」

普通に前世のテレビに出てくる格闘家《かくとうか》くらい、スピードもパワーもある。

そんなパンチが次々と、しかも段々と回転を上げ、コンビネーションも複雑になる。

正確に俺の顔面へ向かいくる拳を、バックステップで僅かに届かない位置まで下がり回《かい》避《ひ》。

即座《そくざ》に引き戻《もど》される拳に合わせ、懐《ふところ》に入ろうと間合いを詰める。

すると当然のように向かってくる、引き手とは逆の拳に右手を添《そ》えて、軌道《きどう》を逸《そ》らせる。

その際、体の向きを正面から半身になるよう回転させ、左の拳を押し込むように突き出す。

「……」

連続攻撃の間にもぐりこみ、迎撃《げいげき》の手を受け流すと同時の攻撃。

防御《ぼうぎょ》の手が間に合わないタイミングの一撃を、ユーダムさんは冷静に距離《きょり》を開けることで対処し、仕切り直す。

それからはしばらく手技の応酬《おうしゅう》。

押されれば押し返し、押せば押し返してくる。

たまに足技も交ざるけれど、本当にたまに。隙《すき》を生むような大技も出ない。

地味、とも言えるが、堅実《けんじつ》で実直な攻防《こうぼう》。

相手がどんな技をかけてくるか？　それを自分はどう受けて、どう返すか？

そんな勝負になりつつあった、その時、

「！」

ユーダムさんの動きが変化した。

構えはこれまでよりも若干《じゃっかん》腰《こし》を落とし、拳を開いたものに。

次の瞬間には、獣《けもの》が獲物に飛びかかるように、距離が詰められる。

「っと！」

急接近と同時に伸《の》びてくる両手を反射的に掴み取り、プロレスで言う〝手四つ〟の状態に。

すかさず彼は体格差を活《い》かし、上から潰しにかかる。

そこで俺は逆に力を抜き、半歩後退。押し込まれる腕を柔らかく受けつつ、相手の手首と肘《ひじ》の裏が上向きになるよう外側に捻《ひね》りながら、すばやく相手の下に潜《もぐ》り込む。

「ッ!!」

惜《お》しい。もう少しで関節を固定し行動を制限できたのに。

ユーダムさんは寸前で組んでいた手を振りほどき、大きく距離をとる。

「……本気で組《く》み伏《ふ》せにかかったんだけどね」

「組み技、投《な》げ技の類にも心得がありますので」

「訓練相手として、実にありがたいね」

そう言った彼の雰囲気《ふんいき》が変わる。

深い呼吸に同調するように、肉体のエネルギーである〝気〟が彼の体を包むのを感じる。

こちらも同じく、気を体に纏《まと》って対抗《たいこう》の意思を見せると、ユーダムさんは笑《え》みを浮《う》かべた。

「いくよ！」

そこからのユーダムさんの動きは、変幻自在《へんげんじざい》。打ち合いから組み技や投げ技に移行する時もあれば、逆に組み技や投げ技の合間に打撃《だげき》を織り交ぜることもある。多彩《たさい》な技と、組み合わせのバリエーションが多いのだ。

これは見ていて、対処していて実に面白《おもしろ》いし、興味深いと感じる。

そして、それだけの技を繰《く》り出すために、長い間、鍛錬《たんれん》を積んできたのだろうとも思う。

少なくとも彼の経歴、武者修行の旅と格闘への熱意は、単なる設定ではないと確信した。

ならばその気持ちに応《こた》えるべく、こちらも全力で応戦。

ある時は、掴まれた腕を体ごと沈《しず》めて相手の体勢を崩《くず》し。

またある時は、ローキックを受けた足をそのまま蹴《け》り足に引っ掛《か》けて転ばせ。

前世で鍛《きた》えて体に染《し》み付いた体捌《さば》きを惜しみなく発揮する。

その結果、ユーダムさんは何度も払《はら》い退けられ、投げられ、地面を転がる。

しかし、その瞳《ひとみ》に宿る光は一向に衰《おとろ》えることなく、そして動きも止まることなく。

さらには――

「⁉」

打撃の応酬から、間合いが開いた直後。

ユーダムさんの拳から感じる気の気配が強まったかと思うと、届くはずのない拳が肩《かた》を打った。

威力《いりょく》や痛みはそこまで強くはなかった。しかし、確実に〝攻撃を受けた〟と理解できる衝撃と、届くはずのない間合いに驚《おどろ》き、隙が生まれた。

当然のように彼がその隙を逃《のが》すはずはなく、次の瞬間には組み倒《たお》されかけた。

咄嗟《とっさ》に巴投《ともえな》げで難を逃れたが、その前の不可解な攻撃が気になる。

そして試合を続けるうちに、攻撃の正体が前世の漫画《まんが》で言うところの〝気弾《きだん》〟的な、気を飛ばす技であることが判明。

さらなる興味と面白さが湧《わ》き上がり、いつのまにか俺まで試合に没頭《ぼっとう》して……

■ ■ ■

試合の終わりは、ユーダムさんの体力切れだった。

どうも気を用いた技は、肉体の強化よりもはるかに体力を消耗《しょうもう》するらしい。

最初は問題なかったが、最後の方では一発打つたびに動きが悪くなっていた。

そして今、ユーダムさんは膝《ひざ》を折り、降参を口にすると、後ろに倒れて天を仰《あお》いだ。

しかし全力を出し尽《つ》くしての結果に満足しているようで、清清《すがすが》しい笑《え》みを浮かべている。

「ユーダムさん」

呼吸が荒《あら》く、倒れたままの彼に、そっとアイテムボックスから出したタオルと飲み物を差し出す。

「防寒の結界はありますが、流石《さすが》にそのままじゃ風邪《かぜ》を引きます」

「……ありがとう」

数秒間、言葉の意味を考えるような間があったけれど、受け取ったタオルで汗《あせ》を拭《ぬぐ》い、コップの中身を一気に飲み下す。

少しボーっとしているのは、疲《つか》れからだろう。

「プハッ！　美味《うま》い！」

「それはよかった」

自分用のコップと水差しを取り出し、こちらも1杯《ぱい》。

俺もかなりいい運動になった……柑橘系《かんきつけい》の果実水の香《かお》りが、さわやかで心地《ここち》好《よ》い。

もう1杯！

ユーダムさんに2杯目を注ぎ、ゆっくり水分補給をしていると、彼も徐々《じょじょ》に落ち着いてきたようだ。

「落ち着きました？」

「大分ね」

そう言うと彼は突然《とつぜん》、これまでになく真面目《まじめ》な表情になり、そっと頭を下げた。

「今日はありがとうございました。上手《うま》く言葉が出ないけれど、貴重な経験をさせて貰《もら》いました」

その言葉と態度には、1人の格闘家として相手を、つまり俺を認めて敬意を払う……そんな意思を感じた。

「お互い様《さま》です。僕《ぼく》も良い経験になりました。特に気を用いた技は初めて見ました」

「そうかい？　そちらにも得るものがあったなら、よかったよ」

「もしよければ、これからも定期的にやりませんか？　気を用いた技について、もっと知りたいので」

「それは願ってもない話さ！　僕としても学ばせてもらいたいことが山ほどあるんだ、たとえば——」

瞬く間に口調は普段の軽い調子に戻ったけれど、格闘術に対する熱意は変わらない。

それからしばらく、お互いに学びたいことについて話した。

ユーダムさん曰く、学ぶためなら弟子《でし》入りも辞さない！　という考えも頭にあったらしいが、俺は弟子を持てるような人間ではないので、互いに教え合う形にしたい。

しかし、それを話すとかなり気前のいい話だと言われた。

というのも、

「店長さん、戦闘《せんとう》技術はその手の職業の人にとっては飯の種でもあり、生命線でもある。だから、基本的に弟子でもない人間に技を教えたりしないんだよ」

冒険者《ぼうけんしゃ》ギルドでは誰でも講習や指導を受けられるけれど、それはあくまでも〝冒険者の生存率や依頼《いらい》達成率を向上させるため〟という目的があってのこと。それでも大抵《たいてい》は基礎《きそ》までしか教えない。

教官や先輩冒険者《せんぱいぼうけんしゃ》が見込《みこ》みがあると判断したり、個人的な感情でその先まで指導を続けることもあるが、奥義《おうぎ》や秘伝に近い内容が伝えられることは、まず〝ない〟と考えていいらしい。

確かに地球でも、昔は技術の流出や外部の者に手の内を知られることを嫌《きら》い、門外不出、他流試合の禁止などを掟《おきて》として定めている流派が多かったそうだ。流派によっては入門の際に血判状を書くこともあったらしい。

他にも外部の人間に見られる状況《じょうきょう》を想定し、門弟《もんてい》に教えるための型とは別に〝表向きの型〟を用意したり、型と指導者の口伝《くでん》を分け、それらを合わせて完全な技になるようにしたり。昔の人の情報漏洩《ろうせつ》を防ぐための工夫《くふう》について例を挙げたら、枚挙に暇《いとま》がない。

昔の人はそれだけ技術の伝承と秘匿《ひとく》、その重要性について、非常に厳しく考えていたということなのだろう。

……そう考えると、ちょっと調べれば、一部とはいえ数多くの武術・流派の紹介《しょうかい》をはじめ、型や技の解説まで出てくる現代の書籍《しょせき》や動画サイトはチートだな。

ユーダムさんの説明は理解した。

しかし、俺の感覚はやはり現代人に近いのだろう。

「とりあえず頭の片隅《かたすみ》にでも置いておいてくれればいいさ。僕としては本当にありがたい話だし、制約の少ない、開かれた流派も全くないわけではないからね」

「分かりました！　……あっ」

「どうかした？」

やっべ……途中《とちゅう》から本来の目的が……

「ユーダムさん。すっかり忘れてたんですが、実は今日ユーダムさんに来ていただいたのは、訓練のためだけじゃないんですよ」

「そうなのかい？」

「はい。ちょっと聞きたいことがありまして」

「聞きたいこと？　僕に答えられることなら何でも答えるけど」

「よかった。では質問ですがユーダムさん、どこかに情報を流してますよね？　どこの誰にですか？」

「ゴフッ!?」

あっ、聞きたかったことを聞いたら、丁度コップの飲み残しで喉《のど》を潤《うるお》そうとしたタイミングだったようだ。思いっきりむせている。

「何故《なぜ》知って」

「ご存《ぞん》知《じ》かもしれませんが、ここしばらくのギムルの治安悪化は人為的《じんいてき》なもの。公爵《こうしやく》家に敵対する貴族の手の者が、確実に暗躍《あんやく》しています。僕達《ぼくたち》はその実働部隊を取り押さえるため、網を張っていたんです」

「そこに僕が引っかかったわけか」

「どちらかというと、重要なのはユーダムさんより、情報の受け渡しにきた相手の方ですけどね」

瞬《またた》く間《ま》に、明らかにテンションの下がったユーダムさん。

罪の意識があるのか、後悔《こうかい》の後、どこか覚悟《かくご》を決めたような表情をしている……が、

「あの、なんか覚悟を決めたみたいな顔してますが、たぶん違《ちが》いますよ？」

「え？」

「正直に言いますと、ユーダムさんを問答無用で取り押さえようという提案はありました。だけど、個人的に気になることがあったので、こうして〝直接話をする時間〟を作らせてもらいました。

格闘技《かくとうぎ》の試合は、そのための口実だったんですが、ちょっと僕も熱が入りすぎてしまって……すみません」

謝《あやま》る声と視線の先には、小型のフクロウのような魔獣《まじゅう》が1羽《わ》。

屋根の上から、中庭を見下ろしているあれは、メイドのリリアンさんの従魔だそうだ。

リリアンさんも従魔術師だと、昨日初めて知った。

「僕が情報を流していたのは事実だよ。なのに何故？」

「あ、はい。〝情報を流していた〟という事実は確認済みですし、その情報源を僕は信頼《しんらい》しています。だからその報告は疑っていません。ただ、情報の行き着く先が何処《どこ》なのかは不明でした。だから、必ずしも敵であるとは限らない」

「そうは言うけど、こっそりと情報を流している時点で、普通《ふつう》は敵と見なすよ」

「まぁ、そうなんですよね」

だから、昨日の会議の場にいた皆《みな》さんを説得するのが本当に大変だった。

今も監視《かんし》しているリリアンさんの従魔もそうだし、朝から頑張《がんば》ったスライム警戒網《けいかいもう》に、俺の普段着（ほぼ完全装備）。さらに言うと、実はこの中庭にも仕掛《しか》けが施《ほどこ》してあるし、俺は空間魔法でいつでも脱出《だっしゅつ》可能。また、それを合図として、いつでもヒューズさん達、そして我《わ》が警備会社が誇《ほこ》る教官達がなだれ込んで来る手筈《てはず》になっている。

「そこまでの安全策を重ねに重ねて、ようやく許可が下りたのですよ。皆さん、明らかに渋々《しぶしぶ》といった感じでしたが」

「……僕が言うのもなんだけど、それが普通だよ。どうしてそこまで」

どうしてと聞かれると、ちょっと困る。

「これまでユーダムさんと接した期間は、確かにそう長くはないかもしれません。ですが、なんとなく敵ではない気がした、と答えるしかないですね。ぶっちゃけ〝カン〟です。

実はつい最近、お前は理屈《りくつ》っぽい、もっと感覚を信じて使いこなせ、というアドバイスをある方々から受けたばかりだったので」

とはいえ、正直な気持ちを言うと、自信はない。

もちろん敵ではない気がした、というのは嘘《うそ》ではないが、やはり理屈でも考えてしまう。そうすると、単にそういう理由をつけて、彼が敵ではないと信じたいだけなのではないか？

そんな考えも浮かんでくる。

「とにかく！　自分でもはっきりとは分かりませんが、カンに従って、こうして話す機会を作ることにしました」

「無茶苦茶《むちゃくちゃ》だよ、店長さん……」

「そういう感想はもう既《すで》に、他の皆さんからたっぷり聞きましたし、いろんな感情のこもった視線も受けてますので。心配かけて申し訳ないとは思いますが、今の僕には効きません」

前世で鍛えられた精神力を舐《な》めてもらっては困る。

ブラック企業《きぎょう》で生き抜くためには、時に厚顔無恥《こうがんむち》さも必要なのだ！

「ですからユーダムさんの話を聞かせていただきたいのですが。なるべく早く。気にしないとは言いましたが、今まさに皆さんに心配かけてる最中です。痺《しび》れを切らした皆さんが、合図を待たずに雪崩《なだ》れ込んでくるかもしれないので。さぁ、早く早く早くハリーハリーハリー！」

待機中の皆さん、結構待たせてるはずだから、本当に急いでください！

「分かった、分かったから変な圧かけてくるのやめて！」

急《せ》かすのをやめると、ユーダムさんはため息を吐《つ》いて、何から話そうかと呟《つぶや》く。

「先程《さきほど》も聞きましたが、まずユーダムさんの雇《やと》い主《ぬし》、あるいは情報の行き着く先を知っている限りで」

「ああ、それなら簡単だ。僕が情報を送ったのは――」

そして告げられた名前、いや、役職には、流石に自分の耳を疑った。

「すみません、もう一度お願いします。ユーダムさんの情報が届けられる先は」

「〝エリアス・デ・リフォール〟。この国の〝国王陛下〟さ」

7章30話　ユーダムの事情

Side：ユーダム

僕が情報を流した先が国王陛下だと告げると、店長さんは再び問いかけてくる。

「相手が国王陛下ということは、ユーダムさんは、国の？」

「いや、もちろん国営のそういう機関や部署はあるけど、僕は国王陛下の個人的な使いっぱしりだよ」

これは1つずつ順を追って説明するのが早いか。

その考えを伝えると〝多少長くなっても構わない〟と、店長さんは言ってくれた。

無駄《むだ》に引き伸ばすつもりはないけれど、それなりに長くはなるので助かる。

なぜなら事の発端《ほったん》は僕の学生時代、卒業直前まで遡《さかのぼ》るから。

「当時、僕は親父《おやじ》と毎日のように喧嘩《けんか》をしていたんだ。親父は僕が格闘術の道を志すことも、腕試《うでだめ》しの旅に出ることにも猛反対《もうはんたい》していてね。……実家のことは前に少し話したよね？」

「確か、代々宮廷《きゅうてい》庭師を務めているとか」

「そこが分かってれば大丈夫。

で、顔を合わせれば喧嘩になるような日々を送っていたある日、親父から仕事場に呼び出された」

あの時は、僕も今より若かったし、頭に血が上っていたからね……わざわざ王宮の庭に呼び出して、自分達の仕事がいかに素晴《すば》らしいか、僕の選択《せんたく》がどれだけ愚《おろ》かか、説教でもする気かと思ったんだよな……

「行きたくなかったけど、すっぽかすのも逃げたような気分になる。そんな理由で素直《すなお》に呼び出されてみたら、陛下がそこにいたんだ。

そこで初めて聞いた、うちの親父と陛下は、親父がまだ見習いだった頃から、密《ひそ》かに親しくしていたらしい。そして陛下は親父から俺の話を聞いて、都合がいいと思ったんだと」

「都合がいい、とは？」

「陛下の手元には毎日、国中の情報が大量に、報告書という形で届く。だけどそこに書かれた情報は何人もの部下が目を通し、不要なものが省かれ、陛下の耳目《じもく》に触れるにふさわしい形に整えられたもの。

それ自体は、そうしなければとても陛下１人では処理しきれない情報量になるから仕方ない部分もあるけれど、陛下はそういう手の加えられたものではない情報も欲《ほ》しいと。〝現場の声〟とか〝民衆の生の声〟をもっと聞きたいんだと」

国王陛下は幼い頃から、自由奔放《じゆうほんぽう》過ぎると貴族の間では有名だったし、そもそも親父と知り合ったきっかけが〝子供の頃に勉強や家庭教師から逃げ出しては庭に隠れたから〟らしい。身分を隠して街を出歩いたりもしていたそうだ。

「国王陛下はそういう方なんですね。ユーダムさんとお父様の関係も……だから〝個人的に〟」

「そう。当然だけど陛下が王として即位《そくい》してからは、王宮を抜け出すことがより難しくなった。そこで僕が旅をして、通った道や滞在《たいざい》した街の様子を、定期的に報告する。そういう仕事を引き受ける代わりとして、国王陛下は僕が家を出ることを許可するよう、親父に働きかけてくださったんだ」

ちなみに、

「僕が送る情報は、あくまでも普通の旅人として見聞きできる範囲のこと。街を歩いていて感じる雰囲気や、噂の収集が基本だね。おそらく店長さんが考えてる潜入捜査《せんにゆうそうさ》とかは、それこそ国の、そういう機関の人間の仕事であって、僕の仕事じゃない」

そう言うと、店長さんは何かに納得《なつとく》した様子。

それが何かを聞こうとしたけれど、その前に次の質問が来た。

「滞在先《たいざいさき》に〝うちの洗濯屋《せんたくや》〟を選んだのは？　確か、料理人のシェルマさんを助けていただいて、その縁《えん》で……と聞いていますが。あとは路銀を稼《かせ》ぐにも丁度いいからと」

「それは本当にただの偶然《ぐうぜん》さ。ギムルに来たのは陛下の指示だけど、そこからはたまたま目の前で困っていた女性を助けて、街の治安が悪そうだったから、送っていっただけ。

路銀の話も本当だよ。さっき話した通り、国王陛下の仕事の報酬《ほうしゅう》は、父を説得することだけだからね。金銭の類は受け取ってないんだ」

「そうなんですか」

「陛下は用意すると言ってくださったけど、僕と親父が断ったんだ。条件を詰《つ》める時に、親父と売り言葉に買い言葉になった部分も多少あるけど……僕の旅は自分の腕《うで》を磨《みが》く旅。自分1人で身を立ててこそ。誰かに金の世話をしてもらわなければできない旅なら、する意味がない、ってね」

あっ、そうだ。

「その代わりというか、陛下は旅の目的地や使う道は、基本的に自分の意思で、好きに選んでいいと言われている。今回みたいに、どこどこの街へ行けって指示があるのは初めてだ。

それに、これまで集めた情報は普通に手紙として書いて、郵便で親父を経由して送っていたんだけど、今回だけは連絡員《れんらくいん》が街に派遣《はけん》されてる。

一度返事を持ってきたから、たぶん本人か仲間に空間魔法使《まほうつか》いがいて、情報を受け取ったそばから陛下に届けてるんだと思う」

「普段《ふだん》よりも力を入れた調査が行われている、ということですか……その理由は話せますか？」

「なんでも〝ジャミール公爵領の治安が悪化している〟って噂《うわさ》が、貴族の間でそれとなく広まってるらしくて、国王陛下の耳にも入っ……」

説明の途中だが、気づけば店長さんの表情が深刻なものに。

静かながら穏《おだ》やかでない空気を放っている。

「その噂、ずいぶんと広い範囲《はんい》に広まってるんですね。僕も先日、ファットマ領に行ってた時に聞いて、急いで帰ってきたんですよ」

そういえば、最初に会った時は今以上に殺気立ってたっけ……機嫌《きげん》を取るわけじゃないけど、

「貴族の間では、失敗や不正の噂が広まるなんて珍《めずら》しくないよ。事実があるなら尚更《なおさら》」

「なければないで、作ってしまえばいい、と」

「その通り」

店長さん、ずいぶん話が早いな……あと、急に目が死んだけど大丈夫かな？

「店長さん？」

「ああ、失礼。ちょっと考え事を。

次の質問です。ユーダムさんの仕事は街の様子を調べることが中心と聞きましたが、こちらには〝僕のことを調べていた〟という情報があるのですが、それについては
「店長さんについて調べていたことは事実だけど、それについては少し弁明させてもらいたい」

「どうぞ」

ここ数日、調べれば調べるほどに頭に浮かんだ言葉を、心の底から口にする。

「店長さん、無茶苦茶やりすぎ！」

僕の仕事は街の様子を見ることや噂の収集が中心、そこに嘘はない。

けど！

「噂を集めようと街に出たら、どこに行っても店長さんの話になるんだもの。店長さんのことを調べるしかなくなるよ！」

街の人に困ったことを聞けば、ほとんどが職にあぶれた労働者や、治安悪化を口にした。

そして最終的には、店長さんが始めた警備隊やらゴミ処理場、スラム街の建て直しの話になる。

さらに話の途中では店長さんが公爵家と懇意《こんい》にしてるとか、とんでもない魔法を使うとか、とんでもない数と種類のスライムを飼って使ってるとか。もっと言うと普段何処《ふだんどこ》にいるとか、なにやってるとか、聞いてない情報までボロボロ出てくる始末。

「もはや調査じゃなくて公然の事実の確認《かくにん》だったよ⁉　どこまで調べても、最初に近所の八百屋のおばちゃんに聞いた噂話《うわさばなし》以上の内容が出てこないって何さ⁉　情報流した僕が言うことじゃないけど、情報管理どうなってんの⁉」

「ああ、うん、やっぱりそんな感じでしたか……反論の余地がないなぁ……」

店長さんも派手にやった自覚はあるらしい。

僕の弁明にも納得してくれたようで、

「答えてくれてありがとうございました。僕が聞きたいことはこれで最後、いや、あと1つ。いまさらですが、そんなに素直に事情を話して大丈夫なんですか？　これまで抵抗《ていこう》というような抵抗がなかったですが」

「それについては、素直に話すのが最善だと思ったからさ」

国王陛下とジャミール公爵家、特に現当主が親密な関係なのは、貴族社会じゃ常識だ。

僕の経歴や実家のことも含《ふく》めて、僕の話した内容の真偽《しんぎ》は、調べてもらえばすぐわかる。僕の仕事は公にすることではないけど、変な情報工作をするほど重要でもない。

「ここに誘《さそ》い込《こ》まれた時点で、僕には逃《に》げ場《ば》もない。下手《へた》な嘘は自分の首を絞《し》めるだけさ」

「分かりました。ありがとうございます」

そう言った店長さんが、ゆっくりと大きく両手を振《ふ》る。

直後に中庭に続く四方の扉《とびら》から、武装した人々が大勢入ってきた。

一瞬、取り押《お》さえられるかと思ったけれど、

「ユーダム様、そう身構えないでください。大人しくしていただければ、こちらも手荒《てあら》なまねはいたしません」

中庭に落ち着いた女性の声が響《ひび》く。

この声は確か、僕を中庭まで案内してくれたメイドの、ルルネーゼさん。

武装した人々の後方に立つ彼女《かのじょ》の姿を認識《にんしき》すると同時に、名前を思い出した。

その彼女の言葉通り、僕達を取り囲む人達も、取り囲んではいるがそれだけだ。

「念のため、リョウマ様とのお話は全《すべ》て我々の耳にも届くようにしてありました」

「実はそうでした。で、ユーダムさんのお話は、皆さんが聞いても納得できるものでしたか?」

店長さんは律儀《りちぎ》に僕に頭を下げると、周囲を取り囲む人達《たち》に問いかけた。

それに答えるのは、店長さんの近くにいた男性達。

何度か洗濯屋でも見た彼《かれ》らは、公爵家から派遣された人手だったはずだ。

「俺は、少なくとも無理やりとっ捕《つか》まえる必要はなさそうだとは思うぜ。つーか、お前ら組手に熱中しすぎだっつーの。おまけに楽しそうにしやがって、見ていて暢気《のんき》すぎて気が抜《ぬ》けたぜ、こっちは」

「そ、それは申し訳ない」

「ま、無事ならいいけどよ。あと話の内容については、ジル」

「国王陛下の名は軽いものではない。許可なく陛下の名を持ち出せば、それ自体が罪になる可能性もある。もちろん状況にもよるが……今回の言葉が嘘なら、罪となる可能性は非常に高いだろうな。

また、それが公になれば家の名にも傷がつくことは避けられないだろうし、貴族の場合は家から切り捨てられ、あえて厳しい罰《ばつ》を望まれる例も少なくはない。それなら金に目がくらんだことにする方がよっぽど罪は軽くて済む」

ジルと呼ばれた男性はさらに、何かを言おうとしたが、

「いや、これは確認をしてからの方がいいだろう。

さてユーダム殿《どの》、貴殿《きでん》にはこれから我々に同行してもらう。リョウマの希望で対話の機会を設け、我々はその間、貴殿の言動を観察していた。結果として、当初の想定よりも危険度は低いと考えている。

しかし、すぐに解放というわけにはいかない。別室で我々に、もう少し詳《くわ》しい話を聞かせてもらいたい。分かってもらえるな？」

「もちろん」

最後に〝嫌《いや》とは言わせない〟という圧を感じたけれど、立場と状況を考えれば、本来それが常に向けられていてもおかしくない。

こちらも素直に従う意思を見せると、彼は一度頷《うなず》いて、屋内への移動を指示する。

「それじゃ、ユーダムさん、僕はここまでなので」

「そう……店長さん、ありがとう。今日は楽しかったし、便宜《べんぎ》を図《はか》ってくれて助かったよ」

「いえ、他《ほか》ならぬ僕自身が気になったことを確かめようとした結果なので。また明日」

そんな一言を最後に、店長さんと別れた僕は、これからどうなるのか？　どういう処分が下るのか？　そんなことを考えながら、案内されるがままに歩く。

そんな道中、

「なんだ、変な顔して。後悔でもしてるのか？」

変な顔……していただろうか？

さっき店長さんとも話していた、ヒューズという男性が声をかけてきた。

「後悔はしてないよ」

陛下に情報を送る仕事を引き受けると決めたのは、紛《まぐ》れもなく僕自身の意思だ。それがたとえ些細《ささい》な噂話を届けるだけであっても、貴族として〝陛下のために働ける〟という喜びや、自尊心もあった。

何よりも、陛下からの仕事を引き受けていたからこそ、僕は自分の生きたいように生きることができていた。

だから、後悔はない。けど、

「店長さんとの腕試しが楽しかったからね。こういう結果になってしまったのは、自業自得《じごうじとく》だけど残念に思うよ」

「旅の目的は本当だって言ってたし、2人とも本気で楽しそうだったもんなぁ」

「隠《かく》れて見ているこちらは気が気ではなかったがな」

「ジル、そう言ってやるなよ」

「いいや、そもそも私は最後まで反対だったんだ。我々が第一に考えるのはリョウマの安全。2人きりの場で組手なんて……ユーダム殿は違ったようだが、万が一、リョウマを人《ひと》質《じち》にとるような輩《やから》だったらどうする！」

ははは、護衛の立場を考えたら無用心だし、同感。だけど、

「相手が僕なら杞憂《きゆう》じゃないかな？」

「確かに、リョウマの年齢《ねんれい》からすれば破格の実力を持っているのは知っている。だが、万が一ということもあるだろう」

……彼は、態度は厳しいけど過保護気味なのかも……

「店長さんは僕が思っていたよりも強かったよ」

これでも僕は、本気で格闘《かくとう》の道を志し、旅を続けて腕を磨いてきたつもりだ。

まだ若輩《じゃくはい》の自覚はあるけど、それなりの場数を踏《ふ》んで、勝利も敗北も幾度《いくど》となく経験した。

経験に裏打ちされた自信もあると自負している。

そんな自分が全力でぶつかり、見事に受け止められた。まるで大人と子供のように。

技術そのものからも、積み重ねられた歴史のようなものを感じたけれど、それ以上にその技を試合の中で使いこなす技量が。それだけの技量を得るまでに積み重ねたであろう鍛錬が。

拳《こぶし》を交え、技を受けるたびに〝重み〟として伝わってきた。

元々子供らしくないと感じることはあったけれど、最後の方は、目の前にいた少年が子供に見えなかった。

そこにいるのは1人の人間。

何十年もの間、自分の技を繰り返し磨き上げ続けた存在。

それが、ただ子供の姿をしているだけ。

何を言っているのか、理解できないかもしれない。

まだ疲れていて、上手く頭が働いてないのかもしれない。

だけど、不思議とそう感じた。

だから、負けを認めることに抵抗はなかった。

頭を下げることにも抵抗がなく、最後には自然と言葉が出た。

そんな相手に出会えたことは、僕の旅の目的であり、これ以上ない喜びだった。

でも、店長さんは公爵家やその部下の人達に、本当に大切に思われているみたいだ。

これからどんな処分が下るかは分からない。

しかし、とりあえず洗濯屋は解雇《かいこ》されるだろう。

情報を流した僕は今後、近づけないかもしれない。

それに公爵家にかかわらず、貴族間の問題に関《かか》わると面倒《めんどう》だからな……

命までは取られないと思うけれど、当分の間、拘束《こうそく》されることも考えられる。

……本当に、今後どうなるかな……

■　■　■

そんなことを考えていた、次の日、

「おはようございます。あれ？　昨日、ちゃんと眠《ねむ》れました？」

警備会社の一室で夜を明かし、朝食後に案内された部屋に、店長さんがいた。

いつも通り、本当に何事もなかったように。

そして、

「ユーダムさん、突然ですが配置換《が》えです。当分の間、洗濯屋の警備員ではなく、僕の護衛をお願いしますね」

……どうしてそうなった？

7章31話 護衛と雑談

「どういうこと？」

翌朝合流したユーダムさんは、状況が理解できていないらしい。

疑問を口にして、自分をここまで連れてきたジルさん、そして俺《おれ》の顔を交互《こうご》に見ている。

説明が欲しそうなので、簡単に説明しよう。

「まずですね、我々は昨日の件、僕との話だけでなくその後の聴取《ちょうしゅ》も含め、ユーダムさんはおそらく〝我々の敵ではない〟、そして〝僕に危害を加えるような目的を持っていない〟と判断しました」

「厳密には〝暫定的《ざんていてき》に〟だ。現在王都にいる公爵閣下へ連絡し、引き続き確認をとっている。ラインハルト様なら、可能であれば国王陛下に貴殿のことを直接確認するだろう」

ジルさんが補足を加えてくれた。

「と、まぁそういうことなんです。完全に結果が出るまでは時間がかかる。でも、その間ずっとユーダムさんの身柄《みがら》を拘束したり、閉《と》じ込めておいてはお互《たが》いに損だと思いませんか？」

ユーダムさんは当分の間、自由のない生活を送ることになるだろう。

俺は雇った優秀《ゆうしゅう》な人材が働けなくなる上に、拘束や軟禁《なんきん》するための労力がかかる。

「確かにそれはそうだと思うけど、僕は結果的に店長さんの情報を調べて、勝手に他者に流したわけで……」

「はい、それは事実ですね。だからこそ洗濯屋やその他の新しい職場で働いてもらうのではなく、最初に擁護《ようご》した僕の監視下で働いていただくことになりました。僕に対する安全性は、先程も話した通り、問題ないと判断されたので」

説明すると、ユーダムさんは本当かと言いたげに、ジルさんを見る。

「人手が足りないのも事実だが、一番の要因はリョウマの希望だ」

「身元も確かで、それなりに信用してよさそう。なおかつ有能な人を放っておくなんて、勿体《もったい》ないですからね。特に今の状況では。

なんならユーダムさんの連絡員として派遣されている、国の機関の人も一緒《いっしょ》に働いてくれても僕は構わないんですが、流石にやめろとみんなから言われまして」

「それが当たり前だよ⁉」

「僕は別に、悪いことなんてしてませんから、いいんですけど。というか、わざわざ法に則《のっと》った手段で、穏便《おんびん》に物事を進めているというのに」

法を気にしなくていいなら、今すぐどころか以前の会合の時点で、明らかに怪《あや》しかった連中を締《し》め上げれば早かったのに。ワンズとか、その取り巻きとか。

「店長さん、なんか悪い顔になってるよ」

「おっと失礼。とりあえず決定事項《じこう》ですので、よろしくお願いしますね」

「我々も何度も話したが、頑固《がんこ》でな……根負けした。貴殿にとっては、運が良かったと思えばいいだろう」

2人の大人の一方に渋《しぶ》い顔、もう一方に困惑《こんわく》した顔をさせ、とりあえずの通達が終わる。

というわけで、さっそく仕事に移ろう。

「……流されるままに解放されて、表に出たけど、これからどうするんだい？」

「今日は昼から商業ギルドで、ギルドマスター達との会合があります。それまでは散歩がてら、関係各所を見て回ります。結構歩きますが、体調は大丈夫《だいじょうぶ》ですか？」

「頭は混乱したけど、体の方は大丈夫さ。誠心誠意、護衛をやらせてもらうよ。色々と気にするより、その方が良さそうだ」

うん、なんだか吹《ふ》っ切れたようなので良かった。

しかし護衛といっても堅苦《かたくる》しいのは好まないので、次の目的地に向かいながら雑談する。

「頼《たよ》りにしてますよ。ジルさんから聞きましたが、ユーダムさんは学生時代、本当に優秀だったらしいですね。〝騎士科《きしか》〟に所属していたとか」

「あー、その話を聞いたの？　あまり思い出したくないんだけど……代々続く家業を継《つ》ぎたくない、って反発してたのは、格闘の道を志す前からだからね。その分、自分で身を立てられるように、それなりの成績は残すように言われていたしねぇ……」

「だとしても、本人の努力なしで行けるようなところではない、と聞いています」

ジルさん曰《いわ》く、王都の学園には多種多様な専門学科があり、生徒は各々《おのおの》の進路や目的に合った授業を受けることができる。また、それらの授業は学費が払《はら》えて、前提となる授業の履修《りしゅう》、もしくは試験に合格することで資格を得れば、基本的に誰《だれ》でも受けられる。

しかし、ユーダムさんの所属していた騎士科というコースは少々特殊《とくしゅ》で、受講資格を得るだけでも非常に難しいそうだ。

「なんでも、貴族の家の出身であることが前提で、礼儀《れいぎ》作法、基礎学習、歴史、魔法《まほう》などの〝座学〟。さらに魔法と格闘、選択式《せんたくしき》の武器術などの〝実技〟に加えて〝容姿の評価〟があり、それら〝全て〟において優秀な成績を残して初めて受講資格を得ることができるとか」

「んー、将来的に王族や国を守る騎士を目指す、そういうクラスだからね。生徒への要求も高いのは事実だよ。

ついでに受講資格を得ても、実際に騎士科に入れるのは、各学年の〝有資格者の上位30人〟だけだし、一度入れば以後は安泰《あんたい》、ということもない。授業についていけなくなれば、当然のように受講資格を失う。有資格者の中で同等の成績を収めた者がいれば、席の奪《うば》い合いや生徒の入れ替《か》えが行われる。それが卒業までずっと続くんだ」

残留することすら困難を要求される苛烈《かれつ》な環境《かんきょう》。

貴族だからと甘《あま》えは一切《いっさい》許されない、超実力《ちょうじつりょく》主義の学科。

その代わりに騎士科のまま卒業できれば、将来的に王族を守る近衛騎士、あるいは騎士《きし》団《だん》や国軍の要職に就《つ》くための最短コースを歩める。超難関《ちょうなんかん》の超絶《ちょうぜつ》エリートコース。

それが騎士科という場所なのだそうだ。

だから、ちょっと優秀、程度では入れないと思うのだけれど、ユーダムさんの表情は硬《かた》い。

「う～ん、確かに頑張りはしたけど……」

どうも歯切れの悪い言葉しか出てこない。

「何か言いにくいことでも？」

「というか、これを言っていいことなかったからね。大抵《たいてい》の人は聞いて呆《あき》れるし、騎士科の同期に言った時なんか、集団で殺されるかと思ったし」

どうしよう、言いたくなければ無理に聞くつもりはなかったのに、聞きたくなってきた。

「いや、別に言ってもいいんだけどね。あの頃《ころ》の僕《ぼく》が騎士科に入って頑張ってたのって、もちろん両親に成績のことを言われてたり、僕自身も将来のことを考えてのことでもあるんだけど、一番の理由は〝女の子にモテるから〟だったんだよね」

何となく気まずそうに笑うユーダムさんだが、俺はそれを聞いて、

「なるほど、納得しました」

「不快じゃなければいいけど、僕ってそんなにチャラチャラしたイメージかな？」

「チャラチャラというか、女性に慣れてる感じはありますね。洗濯屋でのお仕事でも、女性からの評判がいいと聞いてますから、僕としては助かってますが」

「そう？」

「はい。それに貴族にとって結婚《けっこん》相手って重要なことなのでは？　そう考えると……これは偏見《へんけん》かもしれませんが、女性は現実的な方が多いというか、やっぱり男性側の家柄《いえがら》や財産、また男性の将来性を気にされる方が多いと思います。

だから、そういうところが半端《はんぱ》だったり、見込《みこ》みがなかったりすると、その場でもう相手にしてもらえない、候補にも含まれない、ということもあるのでは？」

「あー、人にもよるけど、厳しい人は確かに滅茶苦茶《めちゃくちゃ》厳しいね」

だったら、ユーダムさんが騎士科に入ったのは間違《まちが》いではないのでは？

ユーダムさんが格闘術の道を志したのは卒業を控《ひか》えていた頃みたいだし、その進路を決める前なら尚更、そのまま騎士を目指すとか、または別のどこかに何らかの形で就職するとか、色々な将来の道があったはず。結婚も将来の可能性の1つとしてあっただろう。

「最初から将来性の高い騎士科に所属した。〝女性にモテたかった〟ということですが、それに必要な努力をしたわけですし、将来の結婚を考えたら、ユーダムさんは間違っていない。というより、真っ当な判断と努力だったと思いますよ」

そう言って、気づいた。

ユーダムさんが、俺を見て目を丸くしている。

「どうしました？」

「いや、そんな風に言われたのが初めてでさ、ちょっと驚《おどろ》いた」

そうなのだろうか？

「僕がこんな話をしたのは同期や教官、あとは家族で、そもそもそんなに多いわけではないけど……大体は〝色恋《いろこい》にうつつを抜かすとは軟弱《なんじゃく》な！〟とか〝そんな気持ちで騎士になれるか！　騎士が務まるか！〟って感じだったからね。相手が教官とか騎士科の上級生だった場合は、学園の外周を走らされたりもしたっけ」

「もしかして、騎士科って精神論を重んじてたりします？　あとは練習中に水をのませない、とか」

「確かにそんな感じかな、教官は何かにつけて気合いが足りん！　とか叫《さけ》んでたし」

俺の頭の中で、騎士科のイメージが昔の運動部に近くなってきた……そんな時、

「こっちは確か、スラム街の空き地じゃなかったかい？」

ユーダムさんが目的地に気付いたようだ。

「そうです。作業が順調に進んでいれば、新しい建物が完成しているはずです」

「また何か始めるのかい？」

「今度は飲食関係のお店をいくつか」

「飲食関係？　店長さんの職場は全部、労働者の食事も雇用《こよう》条件に含まれてたよね？」

「はい。そこはきっちり保証していますが、衣食住が整って、懐《ふところ》にちょっと余裕《よゆう》ができてきたら、ちょっと贅沢《ぜいたく》もしたくなると思いまして」

例えば何か特別な日、頑張った自分へのご褒美《ほうび》、祝い事、あとは単純にいつもと違《ちが》う物が食べたい！　とかね。

「そんな方々のために、社員寮《しゃいんりょう》の近くに幾《いく》つかお店を出すことにしたんです。コンセプト

は〝家庭の味〟と〝故郷の味〟。あと、それとは別に〝とにかく安くてお腹《なか》いっぱい食べられる店〟も出そうと思ってます」

「前者の意図は理解したけど、後者は？」

「そっちはまだお金のない労働者の方々向けですね。うちは多くの労働者を雇用していますが、ギムルにやってきた労働者の全てを雇い入れているわけではないですし、まだ労働者の流入は続いているのが現状です」

「なるほど。街に来たばかりとか、店長さんの衣食住の保証の対象外の人向けってことか」

「はい。同じ理由で、宿泊施設《しゅくはくしせつ》も増やしています」

イメージとしては、牛丼屋《ぎゅうどん》さんとか、定食屋さんとか、お弁当屋さん。

安くて腹いっぱい食べられる、それだけで前世では心強い味方だった。若い頃は特に。

ちなみに宿泊施設のイメージは、昔のカプセルホテル。最低限の寝床《ねどこ》にはなる。

そう説明すると、ユーダムさんは納得した様子。

「しかし、労働者の流入はまだ続いてるんだね。店長さんのおかげで治安の悪化はだいぶ抑《おさ》えられているのに」

「複数の貴族が手を組んでいるようですし〝各地で労働者を集めて送り込んでいる〟ということは〝それだけ色々なところで多くの人間が動いている〟ということでもありますか

ら……おそらくですが、やめるにやめられないところがあるのでは？　流入が続いている、とはいえその勢いはだいぶ衰《おとろ》えてますし」

「手を組んだと言っても一枚岩ではないかもしれないし、全体としての動きは鈍《にぶ》いのかもね」

「公爵《こうしゃく》家の方々からは、関与《かんよ》している貴族としてランソール男爵《だんしゃく》、ルフレッド男爵、ファーガットン子爵《ししゃく》、ダニエタン子爵、サンドリック伯爵《はくしゃく》の5人の名前が挙げられていました。ただ個人的には、他にもジェロック男爵、アナトマ子爵、ジェロモン子爵、セルジール子爵、そしてバルナルド伯爵あたりも怪しいかもしれない、と見ています」

「……それはどこから？　個人的に、ということは公爵家の人から聞いたわけじゃないよね？」

ユーダムさんが周囲を警戒《けいかい》しながら、真剣《しんけん》に聞いてきたけれど、大したことではない。

俺はギムルに来た労働者を、大勢雇っている。

雇用者《こようしゃ》であれば、労働者の履歴書《りれきしょ》を見る権利があるし、確認もする。

履歴書を見れば、被雇用者《ひこようしゃ》の出身地、つまり〝誰がどこからきたか〟くらいは分かる。

そして同じ地名が何度も目に入れば、記憶《きおく》にも残る。

「領民が出て行ってしまうのは、領主にとってあまり良くない状況《じょうきょう》ですよね？」

「税収や労働力の減少に直結するからね。領民の移動を許可制にして、勝手な移動を禁じているところも珍しくない。領外への流出となれば尚更。

少数が一時的な出稼《でかせ》ぎくらいは認められるだろうけど、今この街に流入してる労働者の数は店長さんが雇《やと》ってるだけでもかなり多い。領主が協力をしている可能性は否定しきれないね。積極的ではなくても、黙認《もくにん》とか消極的な協力の仕方もあるし」

「はい。だから怪しい〝かもしれない〟です。ただ、そこを追及《ついきゅう》するのは僕の仕事ではないので」

「もしかして、僕から陛下に？」

「いえいえ、そちらのお仕事については何も言いませんよ。王命に口を挟《はさ》むなんてとてもとても……それに僕が気付いたことは、その都度公爵家から来た誰かに伝えていますから、公爵家は把握《はあく》しているはずですし、動いているはず。そこも含めて、伝えるか伝えないかの判断はお任せします」

「お任せしますって、そんな現状に関係してそうな話を聞いちゃった以上、報告しなきゃ僕が隠したみたいに……僕の立場を利用する気満々じゃないか」

一度諦《あきら》めたような顔をしていたが、最終的に彼は笑っていた。

7章32話 テイラー支部長のアドバイス

昼頃《ひるごろ》には予定の通り、商業ギルドの会議室では、3人のギルドマスターと街の警備隊長であるダムマイアー氏、役所のトップのアーノルドさん、最後にスラム街のまとめ役であるリブルさん。そこに俺も含めた、関係各所の代表者7人での会議が行われた。

そして2時間ほどたった現在……予定の時刻を30分ほど残して会議が終わったため、簡単なお茶会を開いていた。

ちょうどいい機会だったので、テイラー支部長に先日の〝スライムとの感覚共有〟について聞いてみたところ、

「ふむ、それはおそらく〝魔獣《まじゅう》の視界〟だろう。君の場合はスライムの視界、厳密には魔《ま》力《りょく》感知と言っていたけれど、とりあえず〝魔獣が見ているもの〟ということで〝視界〟という言葉を使わせてもらうよ」

俺が頷くと、支部長は続きを話してくれる。

「まず、従魔術《まじゅつ》の感覚共有で術者が見る魔獣の視界は、厳密には、魔獣本来の視界じゃな

い。改めて言葉にすると〝当たり前〟だと思うかもしれないが、我々人間と魔獣では体の作りが違うからね」

言われてみれば、確かに。これまで特に意識していなかったけれど、確かに人と魔獣では目や耳といった感覚器官の構造が異なる。ゴブリンのような人に近い魔獣ならまだしも、鳥型のリムールバードと人間である俺の視界が同じというのは考えにくい。

「もう気づいたみたいだけど、我々人間と魔獣では、同じものや風景を見ても、実際の見え方は違うんだ。本来なら、ね」

「本来なら異なる視界を、従魔術の効果で人間に合わせて、理解できるようにしている、ということですか？」

「その通り。契約《けいやく》の効果は魔獣との意思疎通《そつう》を可能にすること、それは従魔術師《まじゅつし》からの命令を魔獣に伝えるだけでなく、魔獣の気持ちを従魔術師に伝える。同じように、視覚的な情報も魔獣のものから、従魔術師に理解できる形に変換《へんかん》する。それが従魔術の〝感覚共有〟。でもリョウマ君の場合は、仮説を立てて実験した結果、ある程度〝意図的に〟スライムの本来の視界……いうなれば〝魔力感知のみで把握する世界〟を見てしまったんだろう」

つまり、俺の〝スライムは魔力で周囲を把握している〟という仮説は正しかったと考えてよさそうだ！

「楽しそうなところに水を差すようだが、その研究を続ける気なら、よく気をつけなさい。私は君の他にそんなことをした人の話は聞いたことがないから、詳しくは分からない。しかし、我々人間が普段複数の器官で捉《とら》えている世界を、魔力感知というたった1つの能力で捉えようと考えたら、必然的にその1点に負荷《ふか》が集中する可能性は考えられる。実際に、君が感じた〝スライムの視界〟の情報量は膨大《ぼうだい》で、少し見ていただけで体調を崩《くず》したんだろう?」

確かにそうだ、こうして心配してくださることはありがたいし、実験をする時は十分に気をつけて行おう。

そう決意して、気をつけると支部長に伝える。すると、

「よろしい。ところで話が変わるが、ゴブリンを飼い始めたんだってね? 確か登録では8匹《ぴき》」

「はい。畑を荒《あ》らしたゴブリン達を捕まえたので、僕の作業とスライム達の補助をさせる目的で契約しました」

「契約してみて、どうだい? 上手《うま》くやれているかい?」

「そうですね……スライムほどではないですが、意思疎通はできていますし、捕獲《ほかく》した時点で上下関係ができたのか、反抗《はんこう》されることもないので、上手くやれていると言っていい

と思います」

ただ、気になることがまったくない、というわけでもない。

「というと？」

「なんだか、これまで僕が見てきたゴブリンと雰囲気《ふんいき》が違うんですよ、温厚《おんこう》というか、緊《きん》張《ちょう》感がないというか。大人しいに越《こ》したことはないので、放置してますが」

「ふむ……具体的にどう緊張感がないのかね？　それと、普段どのように接しているかも聞きたい」

「僕が彼らに求めているのは、労働力です。ただし、無茶《むちゃ》な仕事を押し付けるつもりはないので、ほどほどに、いろいろな作業に従事して貰《もら》ってます。その他の時間は、廃鉱《はいこう》山から出ることや人を襲《おそ》うことを禁じていますが、ほとんど自由にさせています。

それから、彼らはどうも欲望に忠実で、彼らが楽しい、心地《ここち》よいと感じることに関しては積極的かつ作業の覚えも早いので、どの作業がどう自分のためになるかを教えながら作業を任せています」

たとえば、農作業を任せる時には、魔法も使って作物を作り、腹一杯《はらいっぱい》食事ができることを一度経験させた。

彼らはほとんど裸《はだか》だったので、服を着れば暖かい、ということを教えたら、自主的に服を着るようになった。

あとは腹が減ると作物を丸齧《まるかじ》りし始めるので、温かい料理を与《あた》えたら喜んで、それ以降は温かい食事を求めるようになった。

さらに最初は手掴《てづか》みで食べていた食事も、食器を使えば手が熱くない、と教えたら少しずつ使うようになった。

「あとは、清潔を保つためにお風呂《ふろ》に入らせたら、気に入った奴《やつ》は入れと言ってないのに朝晩2回入るようになったり、最近はじめたお酒造りの試作品を飲んだら、廃坑《はいこう》の1つを埋《う》め尽《つ》くす気かというほど熱心に、しかも自由時間に自主的にお酒の仕込《しこ》みを始める奴も出てきたり……あ、一昨日なんか〝お風呂にお酒を持ち込む〟という贅沢を思いついたらしく、お風呂場で全員ベロベロになってたので〝風呂場では酒が回りやすくなる〟ことを教えて厳重注意しました。問題と言えばそれくらいですね」

ゴブリンにも酒量制限させるべきか……という考えが頭の中に浮《う》かんでいると、テイラー支部長から〝微笑《ほほえ》ましいような、しかし困ったものを見た〟という感じの微妙《びみよう》な視線が送られていることに気づく。

「失礼しました、話すことに夢中になってしまいました」

「いや、大丈夫だよ。とりあえず私が懸念《けねん》していたような問題はないみたいだからね。やや堕落《だらく》しているようにも聞こえるが……温厚なゴブリンと良い関係を築けているのなら、それに越したことはないだろう」

堕落！　そうだ、そんな感じだ。あいつら全員。堕落でなければ、癒《いや》しを求めて前世の動画サイトで見ていた動物の動画のタイトルについていた〝野生を失った〟という表現。野生を失ったゴブリン……癒し要素はまったくないが、彼らを表現する言葉としてはしっくりくる。

「まだゴブリンの数が少ない、ということもあるのだろう」

ここで支部長は、会議中にも使っていた筆記用具を取り出して、要点や簡単な図を紙に書きながら、ゴブリンの生態を説明してくれた。

ゴブリンは単体の場合、そこまで危険な魔獣ではない。これは弱い魔獣ということもあるが、単体の時には危険を避《さ》け、自分の腹を満たすことを考えて行動する。つまり自己の〝生存〟を第一として行動するからだ。積極的に他の生物を襲うことも少ない。

しかし数が増える、または集まって二桁《けた》の数になる頃から、徐々《じょじょ》に凶暴性《きょうぼうせい》が増してくる。また、頭数が増えた分の食料確保のために、狩猟《しゅりょう》を始める。数が少ない内は主に小動物を対象とするが、数が増えてくると人間を含む中型の生物を対象にすることもある。

そして大体、１００匹以上の規模の群れになると、より凶暴《きょうぼう》で生まれながらに武器を扱《あつか》

うことに長《た》けた〝ゴブリンアーチャー〟などの上位種や、体格が人間並に大きくて力の強い上位種〝ホブゴブリン〟も生まれる。

それ以降は武器の扱いに長けた上位種が、多数のゴブリンを率いて集落の防衛や狩猟による食料確保を行い、体格がよく力の強いホブゴブリンが集落の拡大など力仕事全般《ぜんぱん》に貢献《こうけん》することで、ゴブリンの集落はさらに急速に拡大していく。

そのうちに2つの上位種の長所を兼《か》ね備《そな》えた〝ゴブリンナイト〟などの上位種が生まれるようになり、最終的にはキングと呼ばれる個体を頂点とした大規模軍団ができる。

餌《えさ》を与えすぎると上位種が生まれやすくなる、とは聞いていたけど、数が増えることでも凶暴化《きょうぼうか》するのか。

「徒党を組むと気が大きくなる。ちょっと人間みたいですね」

「集団の舵取《かじと》りをする地位に危険な者がいれば、集団に属する全てが危険となりうる。そういう意味では人間もゴブリンも大して変わらんよ。だからこそ、従魔術師がしっかりとゴブリン達の手綱《たづな》を握《にぎ》ることが大切なんだ。その点、リョウマ君は一応しっかりと手綱を握れているようでよかったよ。これからも油断には気をつけて、頑張《がんば》ってほしい。

あとは、スプリントラビットの資格試験が来週に迫《せま》っているけれど、準備はできているかい？」

「大丈夫だと思います。みなさん協力的なので、勉強時間を作るのに協力してくれますし、公爵家から派遣《はけん》されているメイドさんの1人が資格を持っていたらしく、いろいろ教えてくれているので」

「それは良かった。私は試験を行う側なので、あまり詳しくは言えないが……スプリントラビットはそこまで強く危険な魔獣ではない、にもかかわらず飼育、および繁殖《はんしょく》に資格が必要なのはなぜか？」

「スプリントラビットは繁殖力《はんしょくりょく》が異常に強く食欲旺盛《おうせい》であるため、害獣化《がいじゅう》した場合、畑や農作物に大規模な被害《ひがい》を生む可能性が高く、適切な管理が求められるから、ですね」

「その通り。そこが基本であり一番の要点だから、そこを中心に具体的な管理の方法や施《し》設《せつ》の規定をしっかり確認《かくにん》すること。可能なら過去の例や実際に飼育が行われている環境なども調べて理解を深めておけば大丈夫だろう」

テイマーギルドのトップからのアドバイス、これは非常にありがたい！

試験までに、このアドバイスを参考にして、また復習をしておこう。

――そんな話をしていると、予定の終了《しゅうりょう》時刻となり、会議は正式に終了。そのまま解散となった。

7章33話 帰路の雑談と街の現状

「お待たせしました」

「おっと、会議は終わったんだね」

「はい、つつがなく」

護衛であるユーダムさんと、ギルドの受付で合流。

会議室には代表者のみ、ということでギルド内で待っていて貰ったのだけれど、

「そ、それでは、私はこれで」

そう言って、立ち去っていく女性。どうやら受付嬢《うけつけじょう》の1人と何か話していたらしい。

「お邪魔《じゃま》でしたか？」

「ただの雑談だよ。情報収集も兼ねて。それより次の予定は？」

「午後に街の掃除《そうじ》の予定が入ってますが、まだ時間があるので、一度警備会社の方に戻《もど》ろうかと。各職場については責任者の皆《みな》さんに任せていますが、報告書の確認やサインをしないといけない書類があるので」

「了解《りょうかい》」

ということで、商業ギルドの出入り口に向かったところ、

「！」

先行していたユーダムさんの手が扉《とびら》に届く直前、ギルドに入ってきた男と目が合う。

男は一瞬《いっしゅん》だけいやな顔をしたように見えたが、見間違《みまちが》いかと思うほど素早《すばや》く笑顔《えがお》になり、声をかけてきた。

「これはこれは、お久しぶりですね」

「そうですね、お久しぶりです。ワ、ワ、ワンズさん、い」

「先日の会合があんなことになってしまい、それきりになっていましたが、お元気そうですね」

「ええ、おかげさまで。ワンズさんは、少し痩《や》せましたか？」

「近頃《ちかごろ》、急に寒くなりましたから……ところで今日はどうなされたのですか？」

「ちょっと知人と会ってきたところです」

「そうですか。私もこれから知人と待ち合わせがあるので、失礼します」

「お大事に」

会話は終わり、ワンズは受付へ。そして俺達《おれたち》は外へ。

俺もそうだけど、向こうも俺と長々と会話なんかしたくなかったんだろう。

ただ、しっかりと視線が合ってしまったので、お互いに表面上は取り繕《つくろ》って挨拶《あいさつ》しただけ。

しかし、

「店長さん、いまのワンズって人、もしかして」

「おそらくユーダムさんが考えてる通りの人ですよ」

「やっぱり、店長さんがピリピリしてた時に、身を切るような覚悟《かくご》で口論した相手か。穏《おだ》やかに済んでよかったよ」

「いくらなんでも、あの場で口論は始めませんよ。向こうも善良な一般人《いっぱんじん》の皮を被《かぶ》っているつもりみたいですし、無駄《むだ》に騒《さわ》ぎを起こしたくはないでしょう」

「ふーん」

と言いつつ、俺の顔を覗《のぞ》き込《こ》んでくるユーダムさん。

「で、店長さんの元気がないのは？　会いたくない人に会ったわけだけど、そんなに落ち込む？」

「……落《お》ち込んでるように見えます？」

「見えるね」

そんなに顔に出ていたのだろうか？

「何というか、彼《かれ》とは口論以来一度も会ってなくて、さっき久しぶりに顔を合わせたんですが、何であんな人相手に、ユーダムさんが仰《おつしや》ったようなことまでしたのかと。

　上手く言葉にできないんですが……あの人、前に会った時はもっとこう〝圧力〟のようなものがあった気がするんです。なんかこう、危ない、このままじゃいけないと思わせるような」

「威圧《いあつ》感、とかじゃなくて？」

「どうなんでしょう？　とにかくあの人の言われるがままにしていたらまずい、と思ったんです」

だけど、さっき顔を合わせた時にはそんな気配をまったく感じなかった。

だから、本当に自分も、何であの時あそこまで張り詰《つ》めていたのかが分からない。

むしろ、あんな奴にあんな切羽詰《せつぱつ》まった反応をしたことが過剰《かじよう》に思えてくる。

いや、実際に過剰だったんだろうけど、

「仲間がたくさんいる状況で1匹のゴブリンを倒《たお》すとして、〝怪我《けが》をしないよう注意する〟くらいの気持ちで向かえばいいところに、1人だけ決死の覚悟で、しかも負けたら国が滅《ほろ》びるとでも思《おも》い込んで向かっていくような、そんな傍《そば》から見たらなんでか分からないくらい、小物相手に過剰反応をしたようで、顔から火が出るというか、穴があったら入りたいとはこんな気持ちなのかというか、思い返すほど恥《は》ずかしくなってしまって、余裕を失っていたと言えばそれまでですが――」

「わかった、とにかく思い返すと恥ずかしいのは伝わったよ」

本当に、あの件は今生での黒歴史になることが確定した気分だ……

「ところで、これは僕個人の興味と、もう1つの仕事という意味でも質問だけどさ、どうにかしなくていいのかい？　あの男」

「僕は確信していますが、向こうも警戒しているのでしょう、なかなか尻尾《しっぽ》を出さないですし、〝優先順位〟と〝勝利条件〟がありますから」

「詳《くわ》しく聞いてもいいかな？」

ユーダムさんが周囲に気を配りながら聞いてきたので、こちらも一度周囲を確認してから返答。

「まず、相手側はギムルの治安悪化を狙《ねら》って、色々と工作を仕掛《しか》けてきています。それに対して、僕達《ぼくたち》の勝利条件は、ワンズのような工作員の排除《はいじょ》では、あ、り、ま、せ、ん」

確たる証拠《しょうこ》を以《もっ》て合法的に、もしくは秘密裏《ひみつり》に、物理的に。どんな方法でもいいけれど、仮に、ワンズとその仲間を排除できるとしよう。だけど排除したとして、その後はどうなるのか？

ワンズ達《たち》のような工作員を裏で操《あやつ》る貴族、そしてその中の首謀者《しゅぼうしゃ》を叩《たた》かない限り、もしくは首謀者がこれ以上の暗躍《あんやく》を諦めない限り、また新たな工作員が送られてくるだけだろう。

そして、工作員の裏にいる貴族に対して、僕達ができることは、現状ではないに等しい。

貴族相手に下手《へた》なことをすれば、逆にこちら側が悪者になりかねない。

しかし、

「貴族に対しては既《すで》に公爵夫妻が、既に王都で動いていると聞いています。だから、無理に僕達がリスクを負って何かをする必要もありません。裏にいる貴族については任せておけばいい」

餅《もち》は餅屋《もちや》、ということだ。

「そして今、この街にいる僕達ができること、するべきことは、公爵夫妻が元を断《た》つまでの間〝ギムルの治安悪化とそれによる被害を抑えること〟、そして〝可能な限り、大勢の労働者が来る前の水準まで、街の治安を改善すること〟、あとは〝万が一の場合に備えること〟……早い話が無理に〝解決〟を目指さず、〝現状維持《いじ》〟でいいのです」

今日の会議でも〝最近の犯罪の発生率は、労働者の流入以前とほぼ変わらない水準まで落ち着いてきている〟と警備隊長のダムマイアー氏が話していた。

「人が増えた分、小さな喧嘩《けんか》や諍《いさか》いはまだ多いようですが、それも警備会社のパトロール隊が、人数という利を活《い》かして頻繁《ひんぱん》に街を巡回《じゅんかい》しているので、早期に発見して仲裁《ちゅうさい》に入ることで、それ以上の事態に発展することを防げています」

「店長さんの警備会社って、一部とはいえ流入してくる労働者を警備の人手に当てているわけだから、当然だけど結構な数だよね」

「定期的に募集《ぼしゅう》をかけていますからね」

と、話している間にも、話題のパトロール隊とすれ違う。

さらに数歩歩いたところで、街の人が彼らを呼び止め、お礼を言う声が聞こえた。

彼らも以前は半分路上生活者になりかけていた人達だけれど、地道な活動が実を結び始め、今ではそれなりに街の人にも受け入れられている。

「一時期は荒れた雰囲気だったこの街も、だいぶ以前の落ち着きを取り戻してきたように思います。これに驕《おご》らず、引き続き気を引き締める必要はあると思いますが、最悪な事態は脱《だっ》したと考えていいでしょう。

あとはこの状態を守ることに専念する。そして公爵家の人達が元を断ってくれることを信じて待てばいい。今となっては、あんな小物をどうこうするよりも、そちらの方が重要です」

尤《もっと》も、俺《おれ》もヒューズさん達が来て、話を聞いてからこの結論に至ったんだけどね。

「ちなみに年末の社交界で勝負、そこまで粘《ねば》れば我々の勝ち、だそうですから〝今年中に終わらせる〟という意思表示だと僕は受け取ってます」

「なるほど、そこまで話が進んでいたから、だったんだね」

「？　何がですか？」

「前の張《は》り詰《つ》め方《かた》に対して、今の落ち着き方。あと失礼かもしれないけど、店長さんが、あまり忙《いそが》しくなさそうに見えたからね。まだ初日だけど、こうして護衛として行動を共にしてみて」

「思ったほどではない、と？」

ユーダムさんは、ちょっと気まずそうに頷《うなず》くけど、俺はまったく気にしていない。

「落ち着きに関しては仰る通り、公爵家の皆さんが来てくれたのが大きいと思いますし、実際に僕は全然忙しくないですからね。こっちは話の進み具合にはあまり関係ないと思いますけど」

「でも、店長さんは今や街の中心人物でしょ？」

「えーと……確かに色々と口出しはさせてもらっていますが、僕がやったのはそれ、だ、け、です。警備会社やゴミ処理場、あとはモーガン商会と共同でスライム製品工場なんかも作りましたが、僕は口と、あとお金を出して、必要な書類を書いただけ。実際の業務や経営については、担当の責任者に丸投げしてますから」

本当に、俺は現状でほぼ全《すべ》ての業務を、有能な経営責任者達に任せている。俺の仕事はオーナーとして、要点をまとめて送られてくる書類を確認してサインするだけ。大した手間ではない。

「報告されてきた内容と現状に齟齬《そご》はないかの確認といえば、今朝みたいな散歩も仕事といえるかもしれませんが……とにかく暇《ひま》に見えるくらいの余裕は確実にあります。

むしろ最近はほとんど仕事をしている実感はないですし、ほとんど趣味《しゅみ》のスライム研究か畑仕事の勉強、あとはテイマーギルドでの資格試験に向けた勉強に時間を使ってますから」

「でも、さっきまで会議に参加してたり」

それも言ってしまえば、話を聞いて、自分の意見を伝えたり提案をするだけ。実際に動くのはギルドマスター達とその下の部下や現場の方々だ。

そもそも俺が警備会社を作る前から、この街には街を守る警備隊があり、警備隊員の方々に街の治安は守られていた。他にもギルドや行政を行う役所などで、大勢の方々が街のために働いていた。

治安が悪化しても、それを改善しようとする人々の努力、自浄《じじょう》機能はあったのだ。

だけど、今回はその機能が〝労働者の過剰流入〟によって機能不全に陥《おちい》ってしまった。

例えるなら、サーバーがフラッド型のＤｏＳ攻撃《こうげき》を受け、負荷がかかりすぎた時のように。


だったら、関係各所の負荷を軽減すればいい。労働者がこの街にある仕事や宿泊施設という〝受け皿〟で受けきれないなら、新しい受け皿を作ってやればいい。そうして自浄機能が再び十全に機能する環境を整えれば、自然と治安は改善の傾向《けいこう》を見せてくれる。

「僕はそういう提案をして、あとは金と権力と人脈でごり押《お》して、最後は丸投げ。だから、皆さんが思っているほど忙しくないのです」

ちなみに、一時期は派手に動いたから、ユーダムさんのように事情を知りつつ情報を集めている人達からは〝中心人物〟に見えるかもしれない。

でも、今はもう僕の周囲を嗅《か》ぎ回っても大した意味はないんじゃないだろうか？

治安維持のために動いているのは俺よりも、他の大勢の方々なのだから。

むしろ、俺に注目すればするほど、調べる側は時間と労力を無駄にするだけなのでは？

そう言ってみると、俺のことを調べていたユーダムさんには心当たりがあったようで、大きなため息が聞こえてきた。

「店長さん、意外と腹黒いって言われないかい？」

「心外ですね。威張《いば》れることじゃありませんが、僕はどちらかといえば騙《だま》されやすい方ですし、上手く利用される方ですよ」

尤も、それは前世の39年間、騙す奴と利用する奴が周囲に多かったからで、騙され利用された分だけその手口は身に染《し》みたということ……ではないだろう。無関係だ、うん。

「僕は悪いことはしてませんよ～。それより会議に行く前の話の続きを聞かせてください」

「露骨《ろこつ》に話を変えてきたね。会議前の話って〝この前の試合で使った技〟について、だっけ？」

「はい、差し支《つか》えなければ」

「別に秘伝というわけではないし、僕も学生時代に教官から教わったことだから、いいよ」

「ありがとうございます。もし技も教えていただけるなら、時間と場所を用意するのでその時に。聞きたいことは色々あるのですが、主にあの気を飛ばす技について」

「〝気を飛ばした〟ってとこまで分かってるなら、言葉で教えることはほとんどないんだけど……まず、気で全身を満遍《まんべん》なく覆《おお》う強化、これは店長さんも使ってたよね」

「はい。気はそのように使う、と聞いていたので」

「全身を満遍なく強化した状態を維持して、普通《ふつう》に戦えるようになることが、まず第一段階。基本であって、店長さんもここまでは十分できてる。

その状態で敵に挑《いど》んで、勝てるならそれでいいんだけど、実戦では何が起こるかわからないよね？　場合によってはどうしても格上だったり、相性《あいしょう》の悪い敵を相手にしなければならない時もある。

そんな時のために、必要性から開発されたのが、先日の僕《ぼく》が使っていたような〝応用技〟だと僕は教わった。例を挙げると、さっき言っていた〝気を飛ばす技〟は、拳《こぶし》や武器の届かない〝間合いの外側〟にいる敵を攻撃するための技だね。これを身に付ければ、技量次第《しだい》では素手《すで》であっても、空を飛ぶ魔獣や遠距離《えんきょり》から弓で狙って来る敵にも応戦できる」

ここでユーダムさんは、

〝まぁ、事前にちゃんと準備ができるなら、するにこしたことはないけど〟

と笑い、話を続ける。

「あとは同じ感じで、硬《かた》い殻《から》に覆われた魔獣を倒すために、攻撃力《こうげきりょく》をより高める技とか、武器を強化する技とか、目的にあわせて色々な技が開発されたわけさ。

だけど、どんなに優《すぐ》れた達人でも、力を最大限に発揮できるのは、己の武器が最大限に効果を発揮できる状況。

そしてどんなに多く気の応用技を身につけた達人でも、最初は全身を強化することから始めるわけだし、極《きわ》めていくと最終的には全身の強化に戻る。だから〝全身の強化〟は、基本にして奥義《おうぎ》とも言われているね」

興味深い、と思っていると、

「……なんて、偉《えら》そうに語ったけど、僕はまだその域からは遠いから実感はないし、そういうこと〝らしい〟としか言えないけどね。

でも、かの有名な武神ティガルの逸話《いつわ》には、彼がひとたび気を用いれば、肌《はだ》はどんな敵対者の刃《やいば》も通さぬ無敵の鎧《よろい》となり、拳はドラゴンの鱗《うろこ》を砕《くだ》き仕留める威力《いりょく》を持つ、というものがあるよ。しかもこの逸話には複数の資料に証拠が残っていて、どうも事実らしいんだ」

「おお……」

突然《とつぜん》、設定上の祖父の名が出てきて驚《おどろ》いたが、その後もユーダムさんは過去の軍人や有名冒険者《ぼうけんしゃ》の興味深い話を聞かせてくれた。

しかも彼は思った以上に話し上手だったおかげで、ただの移動時間は有意義な時間になり、警備会社に戻るまでの道のりはあっという間に感じた。

そのため、ちょっと名残惜《なごりお》しいが、到着《とうちゃく》してしまったからには中断して仕事を――

と思ったら、

「リョウマ様」

受付の前を通りかかると、メイドのリリアンさんが声をかけてきた。

受付にいた、というわけではなく、目立たないところに立って待っていたみたいだけれど、どうしたのだろうか？

「先ほど、モールトン奴隷《どれい》商会のオレスト・モールトン様が来られまして」

「えっ、オレストさんが？」

あの胡散臭《うさんくさ》いイケメンが来たの？　でもなんで急に？　そんな予定も聞いてないけど。

「不在を伝えたところ〝約束もなく訪ねたのだから仕方ない、迷惑《めいわく》でなければ待たせて欲《ほ》しい〟とのことで……応接室でお待ちですが、どうされますか？　このまま断ることも可能ですが」

「いえ、待っているのなら会いましょう」

何の用かも知りたいし、ちょっと前に世話になったしな……

なんとなく、一筋縄《ひとすじなわ》ではいかない予感。警戒を強めて、応接室へ向かう。

7章34話　オレストとの会食

　ギルドマスター達との会議の後、警備会社に帰ってみると、奴隷商人のオレストさんが訪ねてきていたことを知り……現在、俺は彼と乗ってきた馬車を降り、とあるレストランの前にいる。

　何故《なぜ》だろうか？　いや、理由や経緯《けいい》は単純だ。オレストさんに食事に誘《さそ》われたから。

　会議の後にお茶会はあったけど、ちゃんとした昼食は食べていなかったこともあり、なんとなく流されるように、食事に行くことが決定して、ここにいるのだけど……

「さあ、行きましょう。予約は済んでいますから」

「まさか誘う前に予約までしていたとは、僕が断ったらどうする気だったんですか」

「結果はこうして一緒《いっしょ》に来ていただけたのですから、問題ありません」

　いや、俺が言いたいのはそういうことではなく、と言っても無駄だろうな。

　しかし、よりにもよってこの店か……

「いらっしゃいませ、モールトン様。ご予約は承《うけたまわ》っております」

店の前に立っていたドアボーイが一礼し、洗練された動きで店内へ続く扉を開ける。

するとオレストさんは慣れた様子で店内へ。俺も遅《おく》れないよう、会釈《えしやく》をして後を追う。

店内は高級そうな絨毯《じゆうたん》や調度品で華《はな》やかに飾《かざ》られているが、ただ単に高そうなものを掻《か》き集めて並べたような成金趣味とは違《ちが》う。統一感があり、洗練された品のいい内装。さらに、あくまでも〝食事をするための場所〟だからだろう、落ちついた雰囲気が作られている。


……だが、それも当然だろう。だってこの店は、ギムルの街で一番の高級レストランとして、俺でも知っている超有名店《ちようゆうめいてん》。当然のようにドレスコードがあって、以前からスーツを仕立てていて本当に良かった。

「こちらへどうぞ」

そんなことを考えている間にも、オレストさんは店内にいたこの店のオーナーと言葉を交《か》わし、俺達はオーナー直々に店の奥《おく》にある個室へと通された。

「――では、ごゆっくりお寛《くつろ》ぎください」

席につき、料理の注文や呼《よ》び鈴《りん》などの簡単な説明を終えて、オーナーが立ち去ると、ようやく少し肩《かた》の力が抜《ぬ》けた。その瞬間《しゆんかん》を彼は見逃《みのが》さなかったようで、

「こういう場は苦手ですか？」

「苦手、というよりも、こんな高級店に来る機会がないもので、慣れていないのです」

「おや、それにしては堂々とされていたように見えましたが」

「あまりに落ち着かず、うろたえているのもみっともない、そう思って虚勢《きょせい》を張っているだけですよ」

テーブルに用意されていた水を一口。喉《のど》を潤《うるお》したところで、気になっていたことを聞いてみる。

「ところで、オレストさんは今回どうして僕を食事に？」

「親睦《しんぼく》を深めようと。リョウマ様とは以前、ガウナゴの店でお会いして以来でしたからね」

「そのためにわざわざギムルまで？」

「近く、ギムルで定期的に開かれる会合があるのです。私は特別な事情がない限り、その会合には参加すると決めているので」

「会合……そういえばたまに聞きますね。セルジュさんやギルドマスターのグリシエーラさん、あとはサイオンジ商会のピオロさんも、以前そんな話をしていたような」

「ご存知《ぞんじ》でしたか。今名前の挙がった3人も、都合がつけば参加する会合です。参加者はそれぞれの分野の商売で活躍《かつやく》されている現役《げんえき》の経営者、もしくは元経営者の方々で、情報交換《こうかん》をしたり、時には協力したりするのです」

目に前にいるオレストさんもそうだけど、さらにセルジュさんやピオロさん、そしてグリシエーラさんクラスの人達が集まる会合か。

「なんだか凄《すご》そうな会合ですね」

「皆さん、商人として百戦錬磨《ひゃくせんれんま》の強者ばかりです。父の後釜《あとがま》として参加していますが、毎回が勉強ですよ。

もしご興味があれば、参加されますか？」

「参加、って僕が？　いやいや、そんな凄そうな経営者の会合に僕なんかが」

「別に明確な基準があるわけではないので、参加者からの紹介《しょうかい》があれば参加できますよ。その後、他の参加者に認められるかは別の話ですが」

そこが大事なのでは？

「リョウマ様は参加者の知り合いも多いですし、他の参加者とも上手くやっていけると思いますが？　先程《さきほど》、ここのオーナーともお知り合いのようでしたし」

「それはちょっとしたご縁《えん》がありまして」

確かに、このお店とは少し前から、ちょっとした取引を行う関係になったため、オーナーともそれ相応に親しくさせていただいている。

それを伝えると、

「十分に素晴《すば》らしいことではありませんか。ここのオーナーは取引をするに値しないと判断すれば、絶対に首を縦に振《ふ》らないことで有名なのですよ？」

「そうなんですか？」

それは知らなかった。

でも、後から聞いた話では、ここのオーナーはこのレストランだけでなく、俺が初めてこの街に来た時に、公爵《こうしやく》一家に連れられて泊《と》まった、あの高級宿の経営者でもあるらしく、〝公爵家に連れられてきた子供〟としてオーナーは俺を覚えていたそうだからな……

でも、こちらとしても相手に損をさせるつもりで取引を持ちかけたわけでもないし、問題がなければ認めるか。

「差し支えなければ、詳細《しようさい》を聞かせていただいても？」

「ここ以外とも同じような取引をしているので、お話しすることに差し支えはないです。しかし、ゴミ処理の話なので」

こんな高級レストランで、汚《きたな》い話をするのもどうなのだろうか？

「ここは個室ですし、私は気にしませんよ。リョウマ様が新しく始めた事業について、興味があるので」

ならいいか……ってか、ゴミ処理場に関しては既に知ってるわけね……相変わらずだ。

「取引の内容は〝廃棄《はいき》予定の食材の買い取り〟です。当たり前ですが、食材には消費期限がありますよね？　傷《いた》んだり、腐《くさ》ったりしてしまえばその食品は食べられなくなる。

しかし酸化による変色のように問題ない場合もありますし、傷んだ部位を切り取るなどすれば食べることが可能な場合もありますが、そんな状態のものを商品として提供するのは、些《いささ》か問題があると思いませんか？　特にこのような高級店では、店の品位にもかかわるでしょう」

「確かに」

「そこで、通常なら廃棄するしかない食材を、相場よりも大幅《おおはば》に安く買い取らせていただく。そして買い集めた食材は、衛生的な問題防止と、食品店や料理店の利益を侵害《しんがい》する意図もないことの意思表示として、〝転売〟や廃棄食材で作った料理の〝販売《はんばい》〟、さらに他者への〝譲渡《じょうと》〟も行わない。以上が僕と各飲食店との取引内容の概要《がいよう》です」

せっかく仕入れた食材も、廃棄するしかなければ、そのまま損失になってしまう。そこで俺がそんな食材を買うことにより、店舗《てんぽ》側《がわ》にとっての損失は〝ないよりマシ〟程度だが軽減できる。

一方でゴミ処理場、というか俺の利益は、消費期限ギリギリの食材を格安で手に入れられること。

「買い集められた食材は、僕の従魔《じゅうま》であるスライム達やゴブリンの食事になる他、個人的な趣味で行っている〝保存食の研究〟のための材料にしています。この件に関しては、ゴミ処理場の〝事業〟というよりも、僕個人の趣味と都合ですね。食材を集める場所も、ゴミ処理場の隣《となり》に専用の倉庫を用意しています」

この取引で儲《もう》けは出ないけれど、食費が大幅に削減《さくげん》できるので、多くの従魔を抱《かか》える身としては助かる。

腐っているとか、カビが生えたものなど、どうしても食べられない状態はある。でも、その前に。ちゃんと見極《みきわ》めて処理をすれば、食べられるものを捨てるのはもったいない。

前世でも昔は当たり前だったと思うけど、今時はありえないって顔してた部下もいたしなぁ……なんでそんな話になったかは忘れたけど、割と本気っぽい声で〝戦時中じゃないんですから〟って新卒入社の若い子に言われたこともあったっけ……それともただ貧乏《びんぼう》性《しょう》なだけ？

そう考えると、なんでこんな高級店でそんな話をしているんだ俺は。なんだか急に恥ずかしくなってきた。

そんな時、

「お待たせいたしました」

入ってくるタイミングを見計らっていたのか？　と思うほどの絶妙《ぜつみょう》なタイミングで、給《きゅう》仕《じ》の方々が料理を運んで来てくれた。

カートに載《の》せられて運ばれてきた多数の皿が、洗練された動きで次々とテーブルに並べられていく。高級料理店＝コース料理とイメージしていたが、今回は違うようだ。

それでも小さなスプーンに、少量、美しく盛られた数種類の前菜。この時期、普通は手に入らない生野菜が使われたサラダ。芳醇《ほうじゅん》な香《かお》りを放つ希少なきのこのスープに、メインのステーキの肉質……料理の数々から感じる高級感は変わらない。

そして全ての料理を並べ終わると、給仕の方々は速《すみ》やかに退室していく。

「この店は、それなりに地位のある人間が利用する店です。特に個室席は会食や密談にも使われますから、お店の方々も理解して配慮《はいりょ》してくださるのです」

「なるほど、それで料理も置いて、速やかに退室を……」

って、さりげなく心を読まれた⁉

「今のは、何を考えているか分かりやすかった、というだけですよ。それよりも、いただきましょう」

確かに、こんな料理を無駄にしてはならない。運ばれてきたのだから、ありがたくいただこう。

ということで、まず前菜からいただく。

「いかがですか？」

「当然のように、美味《おい》しいですね。それに贅沢《ぜいたく》だ」

この料理に使われている素材、たとえば新鮮《しんせん》な生野菜は魔法《まほう》で特別に作られたもの。価格は明確な基準のない、所謂《いわゆる》〝時価〟というやつで、安く見積もっても、一般《いっぱん》に流通している旬《しゅん》の頃《ころ》に買う10倍以上。

そんな材料を使った料理を、この店のメインターゲットである富裕層《ふゆうそう》には毎食、当たり前のように食べている人もいるというのだから驚きだ……しかし本当に美味《うま》いな、これ。

「お口にあったようでよかった。ところで、先日の件はお役に立てましたか？」

「！　そうでした、その件についてお礼を言わないといけなかったんでした」

実は、しばらく前の話だが、彼に協力を依頼《いらい》して、助けて貰《もら》ったことがある。

「あの時は突然の依頼にも関わらず、相談に乗っていただきありがとうございました。お陰様《かげさま》で、私と知人の家や店の防犯、そして街の治安改善にも大きく役立ちました」

「であれば良かった。しかし、いきなり〝犯罪奴隷を買いたい〟という手紙が送られてきた時には驚きましたよ」

「それについては、申し訳ない。当時は街の治安が急激に悪化していたので、僕としても余裕《よゆう》がなく……己《おのれ》の未熟を恥じる思いです……」

「そんなことはありません。私は実に冷静で合理的な判断だと思いましたよ。罪を犯《おか》し、刑罰《けいばつ》として奴隷に落とされた犯罪奴隷を雇用《こよう》して、犯罪者の視点から〝犯罪の手口や考え方を語らせ、防犯のために役立てる〟とは」

アメリカでは元犯罪者が出所後に防犯アドバイザーをしていたり、そんな人を雇《やと》ったという話がある、という話を聞いたことがあったのを思い出して、試《ため》してみようとした。

残念ながら購入《こうにゅう》には法的な問題や購入者《こうにゅうしゃ》の条件もあるらしく、犯罪奴隷の購入はできなかったけれど、俺に代わって彼が犯罪奴隷に聞きたいことを聞いてくれた。

そして書類の形で送られてきた多数の情報は、俺個人としても、街の治安改善にも大きな効果を発揮した。あの情報がなければ、治安の改善には今よりももっと、少なくない時間がかかったはずだ。

「私としても、リョウマ様には恩を売っておきたいので、私に協力できることがあれば、遠慮《えんりょ》なく仰っていただきたい」

恩を売っておく、って本人に向かって言ってしまうのか……

「では街の治安は良くなってきた、ということで、最近はどうですか？　以前は森で暮らしていたと聞いていますが、街での生活は楽しいですか？」

「なんで唐突《とうとつ》に、子供に〝学校楽しいか？〟って聞く父親みたいな質問を……まぁ、そうですね、楽しいですよ。私生活や店の経営は順調ですし、こう言うとちょっと語弊《ごへい》があるかもしれませんが、街の治安の件があったおかげで、これまで付き合いのなかった人との繋《つな》がりもできました」

パッと思いつくのはこの店のオーナーに、今着ているスーツを仕立てた服屋の店長さん。オーナーとは先程の取引、服屋の店長さんとは、警備会社やゴミ処理場で働く人達が着用する仕事着や制服について、取引をするようになった。

他にも元から知り合いだった街の人々に……ちょっと方向性は違うけど、若い不良冒険者の連中とも、親しくなったと言っていいだろう。

そんなことを1つずつ、具体的なエピソードも交えて話していると、時間はあっという間に過ぎていく。気がつけば食事も半分以上食べてしまった。

「なんだか僕が一方的に話してますね、すみません」

「ご心配なく。私が先に質問をしたのですから。それに、最初にお会いした時に少し話したと思いますが、私は他人の話を聞くのが好きなのです」

そういえばそんなことを言っていたっけ……あの時は余計な情報までついてきたから、記憶《きおく》の片隅《かたすみ》に追いやってた。

「せっかくですし、お嫌《いや》でなければ私の話を聞いていただけますか？　最初に申し上げた通り、親交を深めたいというのは本心なので」

「もちろんです」

何を考えているか分かりにくいこの人のことが、少しでも理解できることを期待しよう。

7章35話　オレストの苦悩

「では、腹を割って話しましょう。私はご存知の通り、奴隷商を生業とする奴隷商人。同じく奴隷商人の両親の間に生まれ、幼い頃から裕福《ゆうふく》な生活をしてきました。

しかし、奴隷商という仕事に対する世間一般の人の認識《にんしき》は〝人を金で売り買いする仕事〟。個人的にはそれだけの単純な仕事ではありませんし、少し言わせていただきたいこともあるのですが……人身売買をしていることは事実。大多数の人には、いい印象は持たれていません。そのため子供の頃は〝友達〟と呼べる相手がいなかったのです。相手の子供よりも、むしろそのご両親が嫌がるので」

ああ、それはなんとなく想像できる。あの子と一緒に遊んじゃだめよ、って親が言うやつだ。

「いつからか私は、家の使用人や両親の部下、そして奴隷の人々に、積極的に話しかけるようになりました。今思えば、それは同年代の友人の代わりだったのでしょう。雇《やと》い主《ぬし》である両親、その息子《むすこ》である僕を粗末《そまつ》に扱《あつか》える使用人や部下はいないだろう、奴隷なら逃《に》げてどこかへ去ることもできないだろう、そんな風に立場をかさにきた打算も、最初はあったと思います。

しかし、色々な人と交流すると、1人として〝同じ人〟はいないのです。種族、家柄《いえがら》、出身地、経歴、そして性格。考え方や趣味思考まで千差万別《せんさばんべつ》。そんな相手を知り、違いを感じ、新たな知識や自分にはなかった物事の見方を知る。それが純粋《じゅんすい》に楽しかった。いつしか友達の代わりではなく、純粋にそこにいる相手を知りたいと思うようになっていました」

そこまで言うと、オレストさんは真剣《しんけん》な表情でこちらを見た。

「私は奴隷商という立場を利用し、多くの人と関《かか》わり、様々な生い立ちの人々を見てきました。しかし、貴方《あなた》は私がこれまで見てきた人々とは違う、と強く感じるのです。だから私は、貴方と親しくなりたい。私の個人的興味。それが本日、私がリョウマ様を食事に誘った理由の1つです」

これは、もしかしなくても俺が元異世界人だからだろう。

とりあえず、否定はしないでおこうか。

「確かに、僕は一般的《いっぱんてき》という表現からは少々外れている自覚はあります。しかし、個人的興味が理由の1つ、ということは他にも理由が？」

オレストさんは笑顔《えがお》ではっきりと頷いた。

「私は、リョウマ様とより良い協力関係を築きたい、と思っています。

突然ですが、奴隷商について、リョウマ様はどう思われますか?」

「どう、と言われても……素直《すなお》に答えると〝分からない〟ですね。最初に仰《おつしや》っていた〝人身売買〟については事実でしょうし、それについては抵抗《ていこう》感がないこともありません。

ただ、今のこの国の法律では合法ですし、奴隷に対する扱いは、普通の長期雇用との違いがよく分からない。それくらいまともな扱いをしていると思います。奴隷という立場は貧困、またはなんらかの失敗により財産を喪失《そうしつ》した人々にとって、〝最後の砦《とりで》〟ともいえる役割を持っていることも知りました。

ですから単純にいい悪いとは断言できません」

「ありがとうございます。私にとって、想定以上の答えでした」

俺は曖昧《あいまい》な答え方をしたつもり、にもかかわらず、オレストさんは目に見えて機嫌《きげん》が良くなっている。

「リョウマ様のように理解ある方がお客様であれば、我々奴隷を扱う側も仕事がしやすい、というものです。

これは奴隷商としての愚痴《ぐち》になりますが、取引の際にお客様の〝奴隷制度や奴隷商に対する理解のなさ〟を感じることがとても多い。尤も、それは奴隷商、人身売買をしている以上〝仕方のないこと〟。避《さ》けられないことだと、我々の業界では言われていますし、新しく人が入ればそう教えます」

彼《かれ》はこちらを見据《みす》えて、ですが、と続ける。

「私はこう思うのです。〝奴隷商、そして奴隷という制度そのものが、既《すで》に時代遅れと言っていい代物《しろもの》なのではないか？〟と」

確かに、前世で俺が生きていた頃には既に、公的に認められた奴隷なんて歴史か創作物の中だけの話だったし、この世界も近代化するにつれて、そういう流れは生まれる可能性はあるだろう。

「リョウマ様が仰ったように、現在の奴隷法に基づいた正式な奴《ど》隷契約《れいけいやく》は、通常のギルドなどで取り交わされる労働契約《けいやく》と近いものになっています。違いを挙げるとすれば、購入者に奴隷の生活保障義務があることと、労働における給金にあたる金銭をまとめて先払《さきばら》いで奴隷商に支払《しはら》うこと、くらいでしょう。

そこまで契約内容の差が埋《う》まったのは、奴隷の非道な扱いを許容した旧奴隷法が廃《すた》れ、新たな基準となった新奴隷法と共に、〝人権〟という概念《がいねん》と思想がじわじわと社会に広まりつつあるからです」

ここで彼は念を押すように、

「誤解のないように申し上げますが、私は別に人権や思想を否定するつもりはありません。むしろ人としての尊厳を守るために大切な、常に頭に置いておくべきことだと、肯定的《こうていてき》に捉《とら》えています。だからこそ、だからこそなのです。私が、奴隷商は時代遅れだと考えているのは。

現在奴隷商という仕事ができているのは、曲がりなりにも人々が生活に困窮《こんきゅう》した際、命をつなぐ最後の手段としての一面を持っていること。そして何より、国の法を定め、舵取《かじと》りをする貴族の方々は〝伝統を重んじ、変化を嫌《きら》う〟体質が根強いがために、伝統の一部として見逃されているに過ぎず、そう遠くない将来に我々は奴隷を扱えなくなり、我々のような奴隷商人は居場所がなくなる……私はそう考えています。だからこそ、私は時代の変化に合わせた、奴隷商のあり方を模索《もさく》しています」

「そういえば、オレストさんは奴隷の売買だけでなく、安価で一時的な〝貸し出し〟も始めたとか」

「その通りです。やはりリョウマ様は気づいてくださいましたね。私が以前その話をした際、〝人材の派遣《はけん》、仲介業《ちゅうかいぎょう》〟と口にしていたので、もしやと思いましたが」

「……僕、そんな話しましたっけ?」

「資料を見ながら、思わず口に出た、という感じで呟《つぶや》いていました」

「よりによって貴方の前で、うっかり口を滑《すべ》らせたんですか、過去の僕は」

「あのつぶやきを耳にした瞬間、私の中で貴方の価値は跳《は》ね上がりました。貴方は私が構想している新たな奴隷商のあり方について、具体的な何かを知っていると。いいえ、たとえ知らなくとも構いません。貴方なら、私が抱える将来の懸念《けねん》を理解することができる。そう感じたのです」

〝懸念を理解できる〟……ここまで説明されて、少し分かった気がする。

いま俺《おれ》の目の前にいる男性は、おそらく本当に優秀《ゆうしゅう》な経営者なんだろう。ほんの少しだけ普通よりも優れているとか、探せば他に肩を並べる人がいくらでもいるような〝並の優秀〟ではなくて、ほんの一握《ひとにぎ》りの〝天才〟というべき人間。

そこに至るまでに彼がどんな努力をしてきたかは知らない。もしかしたら天才の一言で済ませては失礼かもしれないが、実際に凡人《ぼんじん》と天才には差があるものだ。それも、谷のように深く、残酷《ざんこく》なほどの差が。

そして彼は天才だからこそ、その先見の明によって、世の中の大多数にはまだ見えていない将来が見えた。早い話が、彼は時代を先取りしすぎている。

「僕は奴隷商という業界には詳《くわ》しくありませんが、多くの奴隷商の方々は、今後も同じ状況が続くと思っている。しかしオレストさんは、自分の子供が跡《あと》を継《つ》ぐ頃、あるいはその息子といった、数十年という単位での先を見据えているのですね？」

「まさしくその通りです。未来のことをどこまで考えても推測、想像の域を出ませんが……私には先の見えない未来が待っているように思えて仕方ない。だからこそ、我々は今のうちから、新しい奴隷商のあり方を模索する必要があると考えています」

「そして思考を続けた末に行き着いたのが、人材派遣業《はけんぎょう》」

「奴隷商にこだわるつもりはありませんが、我々の積み重ねた知識と経験を最も活《い》かす方法を考えると、教育を施《ほどこ》して人材としての価値を高め、使える人材を必要とする顧客《こきゃく》に紹介することが最善かと」

奴隷商として培《つちか》った武器を活かすのなら、確かに良いアイデアだろう。ただ、

「個人的には派遣された人材をどう扱われるか？　という点が気になりますね。未来の法律がどうなるかなんて、それこそ想像の域を出ませんが――」

日本では派遣法《はけんほう》改正とかで、仕事がなかったり、安い給料で使い潰《つぶ》されたり、派遣社員は派遣社員で結構大変だったよな……外野は〝転職しろ〟とか〝正社員になればいい〟、って軽々しく言うけど、実際そう簡単な話でもないしなぁ……就職って。

一度負のループにハマってしまうと抜け出せなくなるし、日本では結局のところ失敗や

苦境は本人の〝努力が足りない〟とか、派遣を選んだ、もしくは派遣しか選べない〝自己責任〟って話になりがちだ。

それで結局、俺はブラック企業《きぎょう》でも一応は正社員という立場を捨てる決断ができなかった。でも正直、派遣で働く方が気楽かと思ったことは何度もある。

「――ほうっ！　それも――ありますね！　ええ！　確かに――」

そんな記憶を元に、懸念点を挙げてみると効果は覿面《てきめん》。一言一句まで聞き逃《のが》さない、という熱意で物理的に押《お》されているかのような圧を感じる。

それほどにオレストさんの食いつきは凄《すさ》まじく、テーブルに残っていた食事、そしてデザートまでしっかりといただき、さらには馬車で警備会社まで帰る道のりまで、俺はひたすらに前世の派遣社員について知っていることを、〝想像できる可能性の話〟として語り続けた。

そして、別れの時、

「ああ、今日は本当に楽しかった。これほどまでに具体的に語り合い、脳裏《のうり》に未来を描《えが》けたのは初めてです」

「こちらも、実りある会話ができてよかったです」

警備会社の前で馬車を降りると、だいぶ落ち着いた様子で語りかけてきたオレストさん。

何を考えているか分かりにくい相手ではあるが、お世話になっていることだし、こちらとしても役に立てたのなら幸いだ。

「リョウマ様が何かお困りの際はぜひご相談ください。奴隷に関してはもちろんのこと、そうでなくとも可能な限り力になりましょう」

「ありがとうございます。その時は是非《ぜひ》に」

と、普通に挨拶《あいさつ》をしたつもりだったのだが、

「……」

「？」

ここでなぜか、オレストさんが俺を見て考《かんが》え込《こ》むように黙《だま》り込んだ。

「どうかしましたか？」

「……リョウマ様、私は心の底から、今後とも貴方との交流を続けていきたい、この言葉に嘘偽《うそいつわ》りはありません。しかし、だからこそ、少々お節介《せっかい》なことを言いたくなってしまいました。

私が食事中に〝最近は楽しいか？〟という質問をしたのを覚えていますか？」

それはもちろん。覚えているし、嘘《うそ》をついたつもりはない。

「ええ、あの答えを嘘と疑っているわけではありません。それどころか、本当に、心の底

から今の生活を大切に思っていることが伝わってきました」

改めて、面と向かってそう言われると、若干恥《じゃっかんは》ずかしい。しかし、他人の目から見ても俺は今の生活を大事にできているというなら、嬉《うれ》しいというか、謎《なぞ》の安心感もある。

「人は何かを失ってから、失ったものの大切さに気づくことが多いもの。特にありふれた日常は普段《ふだん》軽視しがちです。しかしリョウマ様の日々が楽しいと話す言葉の1つ1つには、今の生活への慈《いつく》しみが込められていたように、私は感じました。そして同時に、今の日常を失うことへの〝強い恐怖《きょうふ》〟も」

「恐怖？」

「貴方が日常を語る姿はまるで、長い間渇望《かつぼう》しても手にすることが叶《かな》わなかった宝物を、ようやく手に入れた人のように、私には見えたのです。そういう人はおそらく、その宝物を手放したいとは思わないでしょう。

貴方は大切な日常を守るため、無意識に大人の言うことを聞く〝いい子〟になろうとしているように、私は感じました。……今の貴方はとても幸せそうですが、窮屈《きゅうくつ》そうだ」

その言葉の意味がいまいちよく分からず、なんと答えればいいのかに困っていると、

「悩《なや》むほどのことではありません。戯言《たわごと》と思って、お忘れください」

そう言って別れを告げると、そのまま馬車に乗って去っていってしまった。

今日は感情も強く出ていたし、交流のためか話し方も前より率直《そっちょく》で分かりやすいと思った。しかし今考えると、やっぱりあの人のことは、よく分からないかもしれない……

7章36話　黒幕の会話

既に闇《やみ》の深い時刻にもかかわらず、貴族の邸宅《ていたく》や店の明かりが燦然《さんぜん》と輝《かがや》く、王都の夜。その煌《きら》びやかな街並みは〝夜空の星が降り注いでは散るが如し。〟〝一目すれば、千の金塊《きんかい》に値する〟という言葉が残るほどの絶景。

そんな絶景を、小高い丘《おか》に立つ屋敷《やしき》の窓から眺《なが》める男がいた。

「ギムルの作戦はどうなった？」

男は窓際《まどぎわ》から外を眺めたまま、問いかけを口にする。

すると男の背後、部屋の中央の影《かげ》が蠢《うごめ》いたかと思えば、紳士《しんし》服《ふく》に不似合いな覆面《ふくめん》を被《かぶ》る、見るからに怪《あや》しげな装いの男が現れた。

「一時的な治安の悪化までは成功しましたが、相手方が予想以上に上手《うま》く対応しているようで、徐々《じょじょ》に改善されています。このままでは、作戦は確実に失敗でしょう」

「君の懸念が現実になった、というわけか……リョウマ・タケバヤシ……君からその名は聞いたが、侮《あなど》っていたと言わざるをえないな。まさか送《おく》り込んだ求職者を、全《すべ》て受け止められるだけの受け皿を新たに作るとは。金にものを言わせた力技だが、実行できるのならば、有効な手段だ。それは認めよう。

しかし、思い立ったとしても、相応の資金力がなければ実行は不可能。公爵家が裏で支《し》援《えん》をしている様子がないとはどういうことだ？　まさか本当に、必要な資金を補えるだけの資産を、少年個人が持っていたと？」

「我々の目を掻い潜《くぐ》った可能性もありますが、金銭の流れは大きくなるほど隠《かく》すのは難しくなります。品物の出所はリョウマ・タケバヤシでほぼ間違《まちが》いないかと」

それを聞いた男は、不快感を僅《わず》かに表情に滲《にじ》ませた。

「少年の素性《すじよう》は掴《つか》めているのか？」

「これまでの報告にある限りが全てです。調査に特化した闇ギルドに調べさせましたが、公爵家の人間が街に連れ出す以前のことは、〝森に隠れ住《す》んでいたこと〟、〝出身地がシュルス大樹海の中にある村であること〟、〝村での扱いが悪かったと思われること〟、これら3点を除いて一切《いっさい》の情報が出てきていません」

「君と同じ、裏の人間か？」

「その可能性も考慮《こうりよ》し、照会を行いましたが、闇ギルドおよび裏社会への関与《かんよ》は一切認められませんでした」

「我々は総称《そうしょう》して〝闇ギルド〟と呼んでいるが、内部では色々と派閥《はばつ》があるのだろう？　どこかの派閥が秘匿《ひとく》しているだけでは？」

「確かに闇ギルドは一枚岩ではありません。盗賊《とうぞく》、暗殺、詐欺《さぎ》、密輸など、仕事によって細分化されたギルドも存在します。しかし、今回のリョウマ・タケバヤシの情報が出ないのは、シュルス大樹海という土地の特殊性《とくしゅせい》、そして特殊《とくしゅ》な環境《かんきょう》で生き抜いてきた彼自身の能力によるものでしょう」

「言い切るか。なら、出自については置いておいていい」

そう告げた男が振り返り、覆面男を見据える。その瞳《ひとみ》には、冷酷《れいこく》な光を宿していた。

「どんな手段を使っても構わない。リョウマ・タケバヤシを消せ」

「……よろしいのですか？　公爵家は明らかに彼を優遇《ゆうぐう》、重要視しています。彼を消せば、公爵家も黙っていないでしょう」

覆面男の忠告に、男は鼻を鳴らして言葉を返す。

「しばらく前から、ラインハルトが直接社交場に乗り込み、計画に乗った貴族連中にそれとなく釘《くぎ》を刺《さ》して回っている。あちらも本腰《ほんごし》を入れて動き出しているのだろう。ならばどの道、我々の存在が露見《ろけん》するまで時間の問題と考えるべきだ。

すでに日和見《ひよりみ》の連中は保身に走っているようだが、私は頭を下げて許しを乞《こ》おうとは微《み》塵《じん》も思わん。今更後悔《いまさらこうかい》するくらいなら、最初からこんな計画など立てるものか。どうせ露見するならば、一矢《いっし》でも多く報《むく》いてやろう。

ラインハルトがリョウマ・タケバヤシを大事にしているならば、それだけことを成せばラインハルトの苦痛となるだろう。本人にも計画を邪魔《じゃま》され、煮《に》え湯《ゆ》を飲まされたことも事実。大人の問題に子供が首を突《つ》っ込んだ報いを受けてもらう」

語れば語るほど、徐々に強まっていく男の語気……いや、これは狂気《きょうき》と呼ぶべきか。

不退転の覚悟《かくご》を見せる男を見て、覆面男は説得という選択肢《せんたくし》を思考から捨てた。

「承知いたしました。依頼人《いらいにん》の要望であれば、私は最大限、要望に添《そ》える計画を立てましょう。それが〝計画屋〟である私の仕事」

「君のその仕事に徹《てっ》する姿勢を、私は高く評価しているよ。

具体的な話に入ろうか。今度はどのような策を用いる？」

「リョウマ・タケバヤシ本人に直接手を出すのであれば、まず実行犯として腕利《うでき》きを複数人。さらに襲撃《しゅうげき》をかける前には、対象を孤立《こりつ》させること。そして事前にある程度消耗《しょうもう》させておくべきでしょう。

これまでの報告から行動傾向《けいこう》を考えると、彼は〝自分自身よりも身近な人間に害があること〟を特に嫌うようで、積極的に我々の計画を潰すように動いています。故《ゆえ》に、本人をどうこうするよりも、街でそれなりに大きな騒動《そうどう》を起こせば、もしくは身近な人間になにかがあれば、無視をして放置するとは考えにくい。両方を行えば、まず間違いなく対処に追われるでしょう」

「子供1人に、そこまでする必要があるかね？」

「私は最低でもその程度は必要だと考えています。あの少年は、得体が知れない」

覆面男がそう言うと、男は過去の報告を思い返す。

「分かった。君の言葉を信じよう。その方針で進めてくれ」

「ありがとうございます」

「いや、あの少年は我々の計画を悉《ことごと》く潰してくれた。念には念を入れるくらい、しなければならんのだろう。いかんな、私は……気づけば、子供にできることなどたかが知れている、と考えている」

「事実として、普通《ふつう》の子供にできることは、たかが知れています。これは件の少年が規格外なだけでしょう。私は彼を直接見る機会に恵《めぐ》まれたため、早々に認識を改めることができた。それだけの話です」

それを聞いて、男はまた1つ思い出す。

「そういえば、君は一時期ギムルに潜伏《せんぷく》していたな」

「当初の計画では、場を整える必要がありましたから」

「そこで何を見た？」

「見た、というよりも、感じたのです。

計画が潰されたことが発覚した頃、別口で都合のいい依頼がありましたので、それを利用し、少しばかりの意趣《いしゅ》返しも兼《か》ねて、小銭《こぜに》に目が眩《くら》む有象無象《うぞうむぞう》をけしかけました。その際の対応、動き、そして雰囲気《ふんいき》……上手く言葉にできませんが、あの少年は危ない。特に直接的な手出しは控《ひか》えるべきだと、感じたのです」

「君に、そこまで言わせるとはな」

覆面男が吐露《とろ》した心情を聴《き》いた男は、思わずそう口にしていた。

覆面男の仕事である〝計画屋〟とは、様々な犯罪を請《う》け負《お》う闇ギルドにおいて、犯罪計画の立案から必要な物資、人員の選定と手配までを取り仕切る〝頭脳〟であり〝司令塔《しれいとう》〟。男のような依頼者《いらいしゃ》からすれば〝相談役〟である。

闇ギルドといえど、計画立案や指揮を執《と》る者には、それ相応の信用や実績というものが必要になる。些細《ささい》なミスが命取りになりかねない〝犯罪〟を仕事にするからこそ、実績や同業者に対する信用の持つ意味は、一般人《いっぱんじん》よりも重い。

必然的に計画屋と呼ばれる者の大半は、犯罪者として長い経歴を持ち、数々の犯罪に関わってきた実績を持つ者が多くなる。

そんな計画屋という業界の中で、覆面男は若いが有能な人間だと闇ギルドから紹介《しょうかい》されて以来、最近まで結果を出し続けてきた。故に男は、覆面男の手腕《しゅわん》と意見は信用し、高く評価していた。故に、先の告白による驚《おどろ》きも大きかった。

「私などまだまだ未熟者です。実際に、彼は私の計画を都合三度も潰してくれました」

覆面男は言葉こそ自嘲《じちょう》するようだが、その声はどこか力強く、自信を感じさせる。

「フッ……まぁいい。話を戻《もど》そう」

覆面男の言外に〝このままでは終わらない〟という意思を感じ取った男は、話題をリョウマの抹殺《まっさつ》計画に戻す。

「先ほどの話を大筋として、細部は任せる。だが可能であれば、リョウマ・タケバヤシを消耗させるために、モーガン商会の会頭を狙《ねら》って欲《ほ》しい。奴《やつ》はリョウマ・タケバヤシとラインハルト、双方《そうほう》に協力しているからな。失えば双方の痛手になることは間違いあるまい」

「かしこまりました」

「それから今回は既存《きそん》の依頼に条件を追加するわけだが、いくら払《はら》えばいい？」

「腕利きに都合をつけますので、少々お時間をいただきます。ですが、今回の件は元を正せば、最初の計画で私が結果を出せなかったが故。いわば、次善の策。

私にも計画屋としての矜持《きょうじ》がありますので、御代《おだい》は勉強させていただきます」

「構わんが、請求《せいきゅう》はなるべく早くしてくれ。私が捕《つか》まった後では、君達《きみたち》も集金ができなくて困るだろうからな」

既にラインハルトに敗北した想定で、なお笑った男は、ここで何かを思いつく。

「そうだ、代金をまけてくれるなら、浮《う》いた金でもう1つ頼《たの》もうか」

「聞きましょう」

「私が――場合、――してくれ」

「それを依頼として受けることは可能ですが、よろしいのですか？　下手《へた》をすればあなたの首を絞《し》めるだけの結果になりますし、おそらくその状況《じょうきょう》では、依頼の中止、内容変更《へんこう》もできないでしょう」

「構わない。ラインハルトに、ジャミール公爵家《こうしゃくけ》に一矢《いっし》報《むく》いるためならば、金など惜《お》しくはない。なんなら、これも持っていけ」

男は近くの壁《かべ》に飾《かざ》られていた、華美《かび》な装飾《そうしょく》の剣《けん》を手に取り、覆面男に突き出す。

「三代前の先祖が手に入れたという、オリハルコンの宝剣《ほうけん》だ。刀身を鋳溶《いと》かして地金にしたとしても、それなりの額になるだろう」

「かなりの値打ち物とお見受けしました。これであれば……リョウマ・タケバヤシの始末と追加のご依頼、合わせてこの剣でのお支払い、ということでいかがでしょうか？」

「君がそれでいいなら構わん。こちらとしても、金の用意をする手間が省ける」

こうして2人の取引は成立。

覆面男は剣を受け取るとすみやかに、影に溶《と》けるようにその場から消えた。

そして1人部屋に残された男は、再び窓の外から景色を眺め、暗い笑《え》みを浮かべていた。

7章37話 王都での活動

リョウマがギムルの街でマイペースに活動している頃……国の中枢《ちゅうすう》であり王の威厳《いげん》の象徴《しょうちょう》とも言える〝王宮〟に、公爵家の当主ラインハルトと公爵夫人のエリーゼ、そして娘《むすめ》のエリアリアの姿があった。

3人は王宮の案内役に先導され、王宮にふさわしい、華《はな》やかに飾られた複雑な廊下《ろうか》を進み、いくつもの扉《とびら》を通り抜《ぬ》けていく。

やがて、進路上に一際《ひときわ》大きく重厚《じゅうこう》な扉が見えた。その両脇《りょうわき》には、優美な装飾が施された甲冑《かっちゅう》を身に纏《まと》う騎士《きし》が4人。案内役が用件を告げると、4人の内2人が事前連絡《れんらく》の有無《うむ》と3人の身体検査を念入りに行い、問題がないことを確認《かくにん》。

先へと進む許可が出ると、たちまち誰《だれ》も触《ふ》れていない扉が、注意を促《うなが》すために機械的な音を立てながら、ひとりでに開いていく。

「この扉、魔法道具なんですね」

「あら、エリアは前にも見たことがあるはずだけど、覚えてないの？」

「はい、お母様。何度か王宮にはお邪魔したことがありますけど、こんな扉ありました？」

「この扉は〝王家の門〟と呼ばれていて、何百年も前からここにある由緒《ゆいしょ》正しい扉だもの。エリアが生まれるずっと前からあるわ。

重要な場所が集まる王宮の中でも、特に重要な区画である〝王族の私的な空間〟とそれ以外を隔《へだ》てている扉だから、見ての通り厳重な警備や所持品の検査があるし、扉の開閉には騎士がまた別の魔法《まほう》道具を使って別室に合図を送って、別室の担当者が開閉の魔法道具を起動しないと開かない仕組みになっているのよ」

「そんな魔法道具があるのですね。知りませんでした」

「まぁ、警備用の装置だし、来客にいちいち説明することもないだろう。それにエリアが以前ここに来たのはまだ、もっと小さい頃《ころ》の話だろう？　忘れていても仕方ないさ。

それよりエリア、さっきエリーゼが話した通り、ここからは王族の私的な空間になる。いつ誰に会うか分からない。これまで以上に、無作法があってはならないよ。気を引き締《し》めなさい」

「はい、お父様」

緊張《きんちょう》の面持《おもも》ちで、しかし、姿勢をただし、凛《りん》とした佇《たたず》まいを見せるエリア。

それを見てラインハルトは頷《うなず》き、完全に開ききった扉の先を見据える。

3人は再び、案内役の先導で進み始めた。

そして、

「失礼いたします。陛下、ジャミール公爵家の方々がお見えになりました」

「入れ」

案内役が扉越《とびらご》しに声をかけると、返ってきたのは短く、いかめしい声。

素早《すばや》く案内役が脇《わき》に控えると、ラインハルトが扉の前に、その隣《となり》にエリーゼが立つ。さらに2人の後ろにエリアが続くのを見計らい、開かれた扉に3人はゆっくりと入室。礼儀《れいぎ》作法に則《のっと》り、エリアの体が完全に入室してから、三歩進んだところで跪《ひざまず》き、顔を伏《ふ》せる。

ここでラインハルトが言葉を紡《つむ》ごうとした時だ。

「さっさと立ってこっち来て座《すわ》れ馬鹿《ばか》」

一瞬《いっしゅん》にして場の雰囲気を壊《こわ》す暴言が、王家の私室に響《ひび》く。

するとラインハルトは伏《ふ》していた顔を上げ、声の主を軽く睨《にら》みつけた。

その顔には怒《いか》りよりも、強い呆《あき》れがありありと浮かんでいる。

「エリアス、お前という奴は、本当に……」

「ふん！　堅苦《かたくる》しい挨拶などいらんわ。長ったらしい上に面倒《めんどう》で好かんし、我らの間では今更《いまさら》だろう。他の人目のある場所ではしっかり国王やっとるんだ、私室の中でくらい気楽にさせろ」

「それにしても最低限のふるまいというものがあるだろう、今日は娘も連れて――」

「そうだ！　エリア、よく来たなぁ。それに大きくなって」

ラインハルトが娘と口にした途端《とたん》、エリアスと呼ばれた男はエリアに嬉々《きき》として話しかける。

「は、はい、国王陛下におかれましては――」

「おいおいどうした⁉　この前まで〝伯父様《おじさま》〟って呼んでいたのに⁉」

「そ、それは本当に幼い頃のことで、もう私も12歳《さい》ですもの。さすがに前と同じというわけには」

「我は気にしない！　ここには他に人目もない！　だから伯父様でいいのだよ？」

「しかし――」

「おっと、それよりまずこっちのソファーに座る方が先だな。ほら座りなさい、跪いていないで、なんなら昔のように膝《ひざ》の上にでも」

親馬鹿《おやばか》ならぬ〝伯父馬鹿《おじばか》〟であったエリアスの勢いは、溺愛《できあい》する姪《めい》のエリア自身を戸惑《とまど》わせる。そして親友でもある男から、娘を助けようとしていたラインハルトは、ふと視線を外した瞬間《しゅんかん》、何かに気づいて身を震《ふる》わせ、両手でそっと耳を塞《ふさ》いだ。

その直後——

「いい加減にしなさいっ!!!!」

「「!!!」」

あまりに自由奔放《じゆうほんぽう》に我《わ》が子に絡《から》む男に、エリーゼの雷《かみなり》が落ちた。

■■■

……十分後。

室内に置かれたソファーにはエリアを中心に公爵家の3人が座り、その対面にはエリアスが力なく、横たわっていた。先ほどまでの興奮はだいぶ落ち着いたというよりも、やや消沈《しょうちん》した様子。

選《えら》び抜かれた素材だけで作られた高級な部屋着に、ほどほどに鍛《きた》えられた身を包み、口元にはたっぷりと蓄《たくわ》えられた髭《ひげ》。相応の態度をとれば、立派に見えて感じるであろう威厳が、今は欠片《かけら》も見られない。

そんな男こそが、ラインハルトの親友であり、エリーゼの兄であり、2人の娘であるエリアリアの伯父《おじ》であり名付け親。そしてリョウマや公爵家の人々が住むリフォール王国の

〝国王〟。〝エリアス・デ・リフォール〟その人である。

「いい加減に起きたらどう？　一応来客中よ？」

「お前らは家族、客じゃないからよしとする」

「エリアも今年から学園に入ったんだ、時と場合によって、それ相応の振《ふ》る舞《ま》いが必要になる。それを少しでも多く経験させるために連れてきたというのに、肝心《かんじん》の国王がこれではな……」

「我は気を抜く時は抜く！　そして入れる時は入れる！　それがはっきりとしているだけだ」

「本当に、昔から屁理屈《へりくつ》が尽《つ》きないな」

「そう言うな。王の執務《しつむ》は過酷《かこく》なのだぞ？　特にここ数年は、各地で魔獣《まじゅう》が活性化したことによる問題や対応、仕事が増えっぱなしで本当に疲《つか》れているんだ、まったく……ラインハルト、国王を代わりにやらないか？」

「やらない、あと軽々しくそういうことを言うな」

「本当に激務なのだ……できることならもう働きたくない……」

「だからってソファーに寝転《ねころ》んで来客対応する人がどこにいるのよ」

「ここに」

「……今日は本当に態度を改める気がなさそうね」

「うむ、その通りだから、そろそろ本題に入れ。面倒な話はさっさと済ませよう」

エリアスが真面目《まじめ》な表情になり、用件を聞こうとする……ただし横にはなったまま。顔と声の緊張感と、全身から放たれる緊張感がまったく合っていないことには目を瞑《つぶ》り、ラインハルトは、

「預けていた物を」

壁際《かべぎわ》に控えていた案内役から、小箱を受け取って差し出した。

「どれ……ほう?」

片肘《かたひじ》で体を支えて上体を起こし、受け取った箱を開けた国王は、面白《おもしろ》い玩具《おもちゃ》を見たように笑う。

「これは真珠《しんじゅ》のネックレスか。大粒《おおつぶ》で色も形も揃《そろ》っている。見事なものだ、我が国《くに》ではまず手に入らんし、真珠の原産国でもなかなか難しかろう。どこで手に入れた? これを我に見せてどうする?」

「入手経路は言わない約束なんでね。密輸とか違法《いほう》な品でないことは約束するよ。あと、それは王妃《おうひ》様への献上品《けんじょうひん》として受け取ってくれ。必要なら追加で用意もできる」

「なるほどな、いいだろう。ちょうど王妃も夜会の衣装選びで、良い品を探していた。次

の夜会から身に着けてもらおう。また、その場でジャミール公爵家が取り扱《あつか》う真珠に〝王家のお墨付《すみつ》き〟を与《あた》える」

ラインハルトの話を聞くと、即座《そくざ》に国王は笑みを深めて了承《りょうしょう》と具体的な内容を告げる。

それを見ていたエリアは、父と伯父がただ1つの箱の中身を通して、瞬時《しゅんじ》に意思疎通《そつう》を完了《かんりょう》させたことを感じて驚き、疑問を口にした。

「伯父様、今のでお父様の言いたいことが分かったのですか？」

「公爵領の状況を加味しての推測、あとは付き合いの長さだよ。一部の貴族達によって、嫌《いや》がらせのような工作を受けていることは聞き及《およ》んでいる。ラインハルトとエリーゼが、これまで最小限にしていた社交の場に顔を出していることもだ。

そんな状況でこのネックレスを見せられて、しかも追加で手配もできるとくれば、〝真珠〟と〝公爵家との付き合い〟を餌《えさ》に、他家との繋《つな》がりや社交界での影響力《えいきょうりょく》を強化しようとしていることは推察できる。国王である我に、公爵家の真珠の取引に利する便宜《べんぎ》を図《はか》れと頼みに来たこともな。

そしてラインハルトとエリーゼは、我の性格も権限でできることも、十分に把握《はあく》している。よって2人からの要求は、我の権限で可能な範囲《はんい》なのだろう。多少難しい要求をされたとしても、呑《の》み込めるだけの利を別に用意しているはずだ」

そう言ってから、子供がいたずらでも企《たくら》んでいるような顔を両親に向ける伯父。そのような視線を受けて、非常に似た表情の両親。双方の顔に視線を行き来させたエリアリアは、その強い信頼《しんらい》関係に、憧《あこが》れや尊敬といった感情を抱《いだ》いた。

「で、他に我が便宜を図ることがあるか？」

「いや、十分だよ。あまり力を借りすぎても意味がないからね」

「だろうな。それで、他に用件は？　なければ我からも聞きたいことがあるのだが」

「あら？　何かしら」

「リョウマ・タケバヤシについてだ」

国王の口からリョウマの名前が出た瞬間、大きく反応したのはエリアだった。言葉はないが、表情にはよく知る人物の名前が出てきたことへの驚きが、ありありと浮かんでいる。

ラインハルトとエリーゼは、エリアから少し遅《おく》れて、どこか納得《なっとく》したような表情に変わる。

「やっぱり、もう耳に入っていたのね」

「公爵領が荒《あ》れている、という噂《うわさ》が我の耳にまで届いたのでな。他の領ならまだしも、我が友《とも》と妹、そして姪の領地だ。どうにも気になったので、渦中《かちゅう》のギムルの街に1人、見聞きした市井《しせい》の出来事を定期的に報告するよう申し付けた者を送り込んだ」

「それでリョウマ君のことを聞いたのか」

「随分《ずいぶん》と派手に活動しているそうだ。市井の噂話《うわさばなし》からでは、どこを探《さぐ》っても最終的にリョウマ少年の話になるらしい。しかもなんの偶然《ぐうぜん》か、送り込んだ者がそうとは知らずに、滞《たい》在《ざい》中の宿と路銀稼《かせ》ぎに選んだのが、その少年の経営する洗濯屋《せんたくや》だったようだ。直近の連絡では、リョウマ少年の護衛を務めることになったとも書かれていたな」

「そんなに彼《かれ》の身近にいるのか？」

ラインハルトは、スパイのような人間がリョウマの傍《そば》にいると知り、自分が送り込んだヒューズ達のことを思《おも》い浮かべた。

しかし、続いた情報に唖然《あぜん》とすることになる。

「これが面白いことに、その少年は我が送り込んだ人間と知って、あえて自分の傍に置いたそうだ」

「今、なんと？」

自分の耳を疑い、問い直したラインハルトの様子を見て、エリアスは〝ユーダムがリョウマの護衛になるまで〟の経緯《けいい》を手短に、そして楽しそうに語った。

「つまり、リョウマ君が周囲の反対を押しのけた、と？」

「そういうことだ。仔細《しさい》については、公爵家の部下からもじきに連絡が来るだろう。

しかしそのリョウマ少年だが、いくら危害を加える意思がないと分かっていたとしても、見ず知らずの相手が送り込んだ者をあえて傍に置くとは豪胆《ごうたん》なことだ。

しかも、そんなことをして何を企んでいるかと思えば、ギムルの状況や見知った情報をつまびらかに、あえて護衛の前で話すことで我に送りつけてきおったぞ」

「リョウマさん、一体何をしているんですの……」

エリアの呟《つぶや》きには、両親も心の内で深く同意した。

「しかし、悪い手ではない。我は国王、公爵家に手出しをしているどの貴族よりも立場は上で、なおかつ立場としては公爵家寄りだ。それを知って情報を送ってきたのだろう。

一国の王を上手く使おうとしおって、もしも我が選民意識の高い人間なら……いや、表面上は王命を受けた者に積極的に協力する、という殊勝《しゅしょう》な態度。さらに公爵家を相手にいらぬ軋轢《あつれき》を生むことを考えれば、ことを荒立《あらだ》てるような真似《まね》は割に合わんか。そこまで考慮しての行動か……

なんにせよ、その大人顔負けの豪胆さが気に入った！　お前達、こんな面白そうな奴のことをなぜ我に教えなかった！」

「そう言うことが目に見えていたからよ」

「あの子はいい子だけど、突拍子《とっぴょうし》もないことをやらかす時があるからね……」

ラインハルトとエリーゼは、目の前にいる自由奔放すぎる国王とリョウマを会わせた場合を想像しようとして、できなかった。しかし、絶対にろくなことにならない、それだけは確信していた。

「我とその少年を会わせるとろくなことにならない、本当にそれだけか？」

「それ以外に何がある。昔から、散々、お前の好き勝手に巻き込まれて、本当に大変なんだからな」

「……まぁいい。会ってみたいが、今は時間も作れぬ。だが1つだけ言っておく、手綱《たづな》はしっかり握《にぎ》っておけ」

そこからのエリアスには、これまでのどこかふざけたような雰囲気はかけらもなかった。

「今回の件で、リョウマ・タケバヤシの名と存在、またその能力の一端《いったん》を知ったものは我だけではない。耳の早いものなら貴族・平民を問わずに掴んでいることだろう。守るのならばしっかりと手の内に収めておけ。

それに本人も、なかなかの曲者《くせもの》と見える。行動の目的こそ街や公爵家のためなのだろうが、子供とは思えない行動力、実行力。なまじ能力があるだけに、周囲に与える影響《えいきょう》も大きいようだ。

仮に、少年が独断で動き、何かが起こったとする。その結果、本人の首を絞めるだけなら、自業自得《じごうじとく》と言えよう。

お前達に被害《ひがい》が及ぶのは、我個人としては望まぬ。しかし、お前達のみに被害があるなら、まだ許せる。

だが、万が一、少年が国に害をなす存在となれば、許容はできぬ。我は王として――」

――その少年を斬《き》れと命じなければならない。

そう口にしたエリアスは、国王としての揺《ゆ》るぎない意思と覚悟、そして威風《いふう》を纏《まと》っていた。唐突《とうとつ》に変わる雰囲気に、慣れているラインハルトとエリーゼも表情が引き締まる。

そんな時だ、

「大丈夫《だいじょうぶ》だと思います」

張り詰《つ》めた空気に反して、エリアの穏《おだ》やかな声が王の私室に響いた。

次の瞬間、意表を突かれた大人達の視線が集まる。

「あっ……伯父様のお話中に、口を挟《はさ》んでしまいました。申し訳ありません」

「そんなことは構わぬ。それよりもエリア、どうして大丈夫だと思うのか、教えてくれんか？」

「ふと思ったことが口に出ただけなのですが……」

エリアは考えながら、１つ１つ言葉にする。

「リョウマさんは、確かに変わった人です。突然《とつぜん》変なことを始めたり、色々なことを知っているのに、時々常識に欠けていたりします。でも、リョウマさんは優《やさ》しい人ですわ。時々、ちょっと気遣《きづか》いの方向性がおかしかったり、過剰《かじょう》だったりもしますけど……少なくとも私が一緒《いっしょ》にいた間、リョウマさんはずっと私達や周りの人のことを、彼なりに気にかけて、助けてくれていました。

それに、リョウマさんは私の知らない様々な知識を持っていて、魔法も上手くて、魔法が使えなくても強い人。だけど、それを自ら喧伝《けんでん》することも、能力を誇示《こじ》して周りの人を自分のいいように動かそう、といったこともありませんでした。どちらかと言えば、周りの人のために、知識や力を用いて貢献《こうけん》しようとしていました」

「確かに、我の受けている報告にも、そのような行動の傾向が見られることは書かれていたな」

頷いた伯父に対して、エリアは続けた。

「伯父様、私は伯父様やお父様、お母様と比べたら、私の出会った人や経験はほんの僅かでしかないはずです。でも、私は今年から学園に通い始めて、それなりに沢山《たくさん》の人を見ました。

そして世の中には身分に関係なく、一般的《いっぱんてき》とは思えない理屈《りくつ》を振りかざす人、力や身分だけで人を従えようとする人、相手より少し特定の能力に優《すぐ》れるというだけで相手を見下す人……そういった、まともな会話すら成り立たない相手がいることを、身を以《もっ》て知りました。

ですが、リョウマさんはそういう人ではありません。多少、常識に欠けるところはありましたが、それは長く世間とかかわらず、世間を知らなかったからです。ちゃんとお話しすれば聞いていていただけましたし、修正すべきところは修正する意思も感じました。悪いと思えば謝《あやま》ってくださいました。だから、リョウマさんは〝話せばちゃんと理解してくださる人〟ですの。

これまでだって、何かする前にはお父様や、そうでなくても身近にいる大人の誰かに相談してから行動していたそうです。ですわよね？　お父様、お母様」

「ん、確かにそうだね」

「今回も一応、ちゃんと許可は求めてきたのよね。ちょっと事後報告気味というか、許可がなくてもやる、って感じではあったけど」

「ですわよね！

それにリョウマさんはいつもお手紙で、〝いろんな人が助けてくれて、毎日が楽しい〟と、大切そうに書かれています。そんな人が、自ら他人に、国に迷惑《めいわく》をかけようとするなんて思えませんの。

ですから、えっと……」

さらに続けようとするエリアだったが、それ以上は言葉が続かない。

それでも尚《なお》、なにかを言おうと、段々と必死になりつつある姪をみて、伯父は笑った。

「ハハハハッ!!! そうか、そうか……」

「伯父様?」

「ああ、もういいぞ、エリアの言いたいことは分かった」

「本当ですの?」

「可愛《かわい》い姪がそこまで言うのだ。ラインハルト、エリーゼも同じ意見か?」

問われた2人は、一度互《たが》いの顔を見合わせ、

「ああ、彼のことは我々が見ておく。だから大丈夫さ」

「エリアに先に言われてしまったわね」

「よし、ならば信じて任せるぞ。彼はこれから、いい意味でも悪い意味でも注目されるだろう。下手《へた》な貴族に横槍《よこやり》を入れられて、奪《うば》われるような脇の甘《あま》い真似をするでないぞ」

エリアスは寝《ね》ていた体を起こして公爵夫妻に申しつけ、次にエリアの頭を撫《な》でた。

「それにしても、まさかエリアがそこまで必死になって擁護《ようご》するとは思わなかった。エリ

アはそんなにそのリョウマ少年を信頼しているのか」

「えっ？　それはもちろん、信頼していますけど、それがなにか？」

「……ふむ、やはりリョウマ・タケバヤシとは、いつか一度会ってみよう。そして一発殴《なぐ》る」

「伯父様!?　いきなり何故《なぜ》ですの!?」

「なんでもないぞ。それよりも何かして遊ばないか？　カードや盤上遊戯《ばんじょうゆうぎ》であれば、色々と取り揃えているぞ」

「話題をそらさないでください、伯父様！」

「いいじゃないか、仕事の話は終わりだ終わり！　遊ぶぞ！」

それからエリア達は、自由奔放な国王のペースに巻き込《こ》まれ、仕方なくいくつかのボードゲームで遊んだ後、王都の屋敷《やしき》へと帰るのだった。

そして、のらりくらりとエリアの追及《ついきゅう》を受け流し、さらにエリアをからかって遊んだ、伯父馬鹿な国王はというと……

「……ラインハルトの方は、既《すで》に大勢が決したようなもの。だが、相手もその時をただ待つだけではないはず。特に黒幕はあの男のようだからな……あの迂遠《うえん》な手口を考慮すると、エリアリア達を直接狙う可能性は低い、と見てよさそうだが……しかしラインバッハ殿《どの》は、いや、それは自殺行為《こうい》に等しい。

やはり直接的に害される可能性が最も高いのは、ラインハルト達の身近な者。色々と派手に動いているリョウマ少年に目が向きそうだ……そうなった場合、本人はどう乗り越《こ》えるか……我の推測が間《ま》違《ちが》っていなければ、生き残る可能性は高いが……

それだけの実力者と想定すると、我が一撃《いちげき》を入れるには意表を突かねばならぬな……跪いて顔を伏せている時を狙い、王座からドロップキックでもすれば……いける、か？」

エリア達が帰った私室で1人、分厚い書類を片手に、わりと本気でリョウマを殴る計画を立てていた。

7章38話　夜会での一幕

エリアリアが両親と共に、国王エリアスと面会をした日から、一週間ほど後の事……王宮で最も広い大広間では、国王主宰《しゆさい》の大規模な夜会が開かれようとしていた。

大広間は階段状に6つに分かれ、一番奥《おく》に主催である国王と王族。次の段に公爵家、その次に侯爵家《こうしやくけ》。さらに伯爵家《はくしやくけ》、子爵家《ししやくけ》、男爵家《だんしやくけ》と、待機位置が決まっている。

入場は夜会の正式な開始時間までに間に合うように、それでいて身分が下の者ほど早く、上の者は遅れてくるのが慣例だ。

そして現在は、ほとんどの参加者が入場し、夜会が正式に始まる前の待機中といったところ。とはいえ実際には、既に参加者は各々《おのおの》で歓談《かんだん》を始め、生き馬の目を抜くような貴族のやり取りは始まっているのだが……今日の夜会は、それだけではなかった。

この日の主役は、今年学園に入学した貴族家の〝子供達〟。

彼らは将来、国を背負って立つ人物になることを期待され、祝福され、そして見定められるために、自覚の有無は問わずにこの場に集められている。

また、子供達の周囲には、夜会に不慣れな息子《むすこ》や娘のことを純粋《じゅんすい》に心配する親だけでなく、子供が不作法のないように目を光らせる親や、子供の将来の結婚《けっこん》相手を探す親などもいて、独特の緊張感が漂《ただよ》っている。

仮にこの場に、地球の日本出身のリョウマがいれば〝どんでもなくギスギスした授業参観〟とでも表現するだろう。

そんな会場に、また1組。今年入学の子供と親が訪《おとず》れた。

来場を知らせる鐘《かね》の音が鳴り響き、会場にいる者の注意を引く。

一拍《ぱく》置いて、出入り口に立つ職員が声を張り上げる。

「ジャミール公爵家当主、ラインハルト・ジャミール様！　ならびに奥方《おくがた》、エリーゼ・ジャミール様！　御令嬢《ごれいじょう》、エリアリア・ジャミール様！　ご入場！」

3人は大広間の構造上、先に入場していた大勢の視線に晒《さら》されることになる。

だが、そんな視線を意に介《かい》せず、優雅《ゆうが》な立ち居振る舞いを見せた。

また、この日の彼らの衣装には、それぞれ大粒の真珠を用いたアクセサリーが付いている。

それらも彼らの立居振る舞いと共に注目を集め、会場に集まる貴族達やその子女達の間にざわめきが広まる。

「さすがはジャミール公爵家の方々だ、我々とは格が違《ちが》う」

「エリアリア嬢《じょう》も今年入学したばかりのはず。いやはや、なんと堂々としたことか」

「あれがジャミール公爵なの？　すごくかっこいい……お父様と大違《おおちが》い」

「エリーゼ様の深紅《しんく》のドレスに、エリアリアお嬢様《じょうさま》の鮮《あざ》やかな青を基調としたドレス、どちらも素晴《すば》らしいわ。そしてあのアクセサリー」

「ラインハルト様は胸元《むなもと》にブローチ、奥方と御令嬢は耳飾《みみかざ》りに、あんな大粒の真珠をいくつも使うなんて……流石《さすが》は公爵家ね」

「生地《きじ》や糸の品質は当然として、デザインは露出《ろしゅつ》も少なくて、派手でもない。それだけにアクセサリーがよく目立つし、全体的に品がよく見えるわ。やっぱり派手さを競《きそ》うだけの成金下級貴族とは違うわね」

「お父様。あのアクセサリー、私も欲しいわ」

「あ、あれをか？　真珠は1粒《つぶ》でも値が張るのだぞ……」

「あれほど綺麗《きれい》な真珠なら、女性なら誰でも興味を持ちますわ。ねぇ、あなた？」

「帰ったら宝飾店《ほうしょくてん》の人間を呼びなさい。金を積めばいくらでも手に入るだろう」

「そんな、あなたはあの真珠の価値がわかってないの？」

「あんなもの、ただの宝石だろう。店に注文すれば手に入れられるさ」

人波を割ってできた道を優雅に進む親子の後ろには、多数の声が生まれては消える。

この日の夜会は立食形式。移動も自由とされているが、ここで3人に声をかける者はいない。

夜会のマナーには、暗黙《あんもく》の了解《りようかい》というものがあり、基本的に自分より上の身分の相手へ、下の者から話しかけることは非礼とされているからだ。声をかけるのならば、相手と繋がりのある誰かに仲介《ちゆうかい》を頼むか、相手からの声かけがあるのを待つ。呼び止める、などというのはもってのほかである。

こうして妨《さまた》げる者もなく、悠々《ゆうゆう》と用意された位置へと着いたラインハルト達は、他と同じく夜会が始まるまでの時間を利用して、付き合いのある家の者に挨拶《あいさつ》を行う。同格である公爵家から、侯爵家。そして、伯爵家へ……

「歓談中に失礼、そこにいるのはバルナルド伯爵《はくしやく》だろうか？」

「これは公爵閣下。私のような者にお声がけをいただけるとは、光栄です」

「まあ、そう固くならずに。貴方《あなた》には一度お礼をしなくてはと思っていたところなんだ」

「お礼、ですかな？」

突然声をかけられ、さらにお礼という言葉に対して記憶《きおく》を遡《さかのぼ》ってはみたが、心当たりがない。そんな伯爵に対し、ラインハルトはさらに続ける。

「ああ、貴方のご友人にもお礼を、と思ったのだが……今日はサンドリック伯爵は来ていないのかな？」

「！　サンドリック伯《はく》の姿は、みていませんな。どうも最近は忙《いそが》しいようで」

「ああ、確かに彼は今頃忙《いまごろいそが》しいだろうね。では、ファーガットン子爵、ダニエタン子爵、アナトマ子爵はどうだろうか？　下にいないだろうか？」

「さぁ、どうでしょうな」

「そうか……いや、何分お礼をしなければいけない相手が多くてね。ところで、本当に心当たりはないのかい？」

伯爵は、当然の如く、ラインハルトの目的が言葉通りの意味での〝お礼〟ではないことに気づいている。しかし、それでもしらを切ろうとする伯爵に、ラインハルトは笑顔《えがお》でさらなる圧をかけていく。

「おかしいな？　新しい街の建設計画が進んでいる我が領に、貴方の領地から多くの人が送られて来ていて、とても助かっているんだが、知らないと？　送られてきた人は数百人という規模なのだが、それだけ大規模な人の流出に気づかないとは」

その会話は決して大きな声ではない。しかし、ラインハルトは公爵。はるか上にいるはずの人間が、わざわざ伯爵の待機位置まで降りて来て、語りかけている。

そこまでして会話をする内容と相手が単純に気になった者、あわよくば自分も関係を持てないかと画策する者など、その一挙手一投足に密《ひそ》かに注目している者が、周囲には大勢いた。

結果として、

「いったい何の話をしているんだ？　数百人規模？」

「それだけの人数なら、村が１つ消えたようなものだろう。農村の出稼《でかせ》ぎにしても、少しばかり多いのではないか？」

「自ら公爵《こうしゃく》に協力するために送り出したなら、移動すること自体は別におかしくもないが……当の本人は知らんと言っているし、どういうことだ？　領民が逃《に》げ出したのか？」

「領民の移動の理由よりも、問題は伯爵がその事実を知らないと言っていることだ。それだけの領民の流出になぜ気づけない？　彼はどんな領地の管理をしているんだ？」

「もし仮に、脱走《だっそう》だというなら、どうしてだろうか……領地の管理、経営に特別な問題を抱《かか》えているとは聞いていないが……実際はあまりよくない状況《じょうきょう》なのだろうか？」

ラインハルトとバルナルド伯爵の周囲では、聞き耳を立てていた人々が覚えた違和感《いわかん》について、引き続き様子を伺《うかが》いながらも、推測を小声で語り始める。それも、会話の断片《だんぺん》というあまり多くない情報量から、バルナルド伯爵にとって不都合な方向に。

さらに、一部の特に耳の早い貴族の中には、事前に得ていた情報を組み合わせる者もいた。

「彼は全《すべ》てを知っていて、知らないふりをしているのでしょう」

「何故ですか？　そんなことをしても意味がないでしょうに」

「いいえ。知っていると答える方が不都合と考えたのでしょう、彼は」

「あら、貴女《あなた》なにか知っているの？」

「ええ、先日耳にしたのですが……ほら、公爵領があまりよくない状況だという噂があったでしょう？」

「ああ……ラインハルト様はまだお若いですから、仕方ない部分もあるとは思いましたが」

「なんでもその噂は、他家によって仕組まれたものだという話ですわ。複数の家の者が共謀《きょうぼう》して、街の厄介者《やっかいもの》を集めて公爵領に捨てたとか、闇《やみ》ギルドの人間を使ったという話もありましたね」

「まぁっ！　でも、言われてみれば、例の噂もまるで誰かが意図的に流布《るふ》しているようでしたね」

「闇ギルドを使うなんて、恐《おそ》ろしいわ。でも、だから伯爵は……」

こうして貴族の間に、新たな推測が、波紋《はもん》のように広がる。

そして話題の元であるバルナルド伯爵からは、さりげなく人が離《はな》れていく。誰《だれ》も、公爵家に目をつけられた人間の味方などしたくはない。敵の味方と間違えられて、公爵家の顰蹙《ひんしゅく》を買いたくない。

とにかくバルナルド伯爵と親しくして、公爵の怒りや報復に巻き込まれては困る。徐々《じょじょ》に見放され、孤立《こりつ》していく気配を悟《さと》ったバルナルド伯爵は、表面上は余裕《よゆう》を保ちつつも、内心では焦《あせ》り、打開策を探す。

そんな状況で、

「まぁ、今日は夜会だ。この話はまたいつかにしよう」

ラインハルトの方から、この会話を終わらせた。

この事実に、伯爵の脳内には一瞬で驚《おどろ》きと喜び、そしてラインハルトへの嘲笑《ちょうしょう》が駆《か》け巡《めぐ》る。

「では失礼する」

「お声がけありがとうございました」

表面上だけでなく、内面にも余裕が生まれた伯爵は深々と頭を下げ、離れていくラインハルトを見送る。その姿は今まさに、不穏《ふおん》な意図を裏に隠《かく》した会話を終えたとは思えないほど、穏やかで優雅なものだった。

その後のラインハルトは、妻と娘《むすめ》を引き連れて、挨拶を続ける。

その過程で、

「ファットマ伯爵、久しいな」

「おお！　お声がけありがとうございます、ジャミール公爵閣下」

「学生時代は世話になった。妻と娘を紹介《しょうかい》したいのだが、いいかな？」

「もちろんですとも！」

「よかった。エリア、彼が私の学生時代の先輩《せんぱい》でもあった、ファットマ伯爵だよ」

「ポルコ・ファットマと申します。お見知りおきを、お嬢様」

「エリアリア・ジャミールと申します。こちらこそよろしくお願いします。お父様からお話は聞いていますわ」

ラインハルトの先輩であるポルコ・ファットマと合流。

「お母様、あちらに」

「あら？　そうね、行きましょうか」

「失礼、ウィルダン伯爵とクリフォード男爵、並びにご家族とお見受けする」

さらにエリアリアの友人である、ミシェルとリエラの両親とも合流。

「公爵閣下！　私のような者に、お声がけありがとうございます」

「男爵、そうかしこまらずに。お2人のお嬢様には、私の娘が世話になっていると聞いている」

「こちらこそ、閣下のお嬢様には娘の、このリエラが学園でお世話になっているそうで」

「私の娘、ミシェルもです。変わり者の娘なので、心配していましたが、お嬢様のおかげで学園に馴染《なじ》めているようで安心していたのです」

「いやいや、こちらこそ助かっている。優秀《ゆうしゅう》な子供達《たち》だと聞いているし、これからも末永く娘と良い関係でいられることを願っている。もちろん、親である我々も」

「「光栄です」」

親同士の会話が一通り終わると、形式的にそれぞれの家族の紹介を済ませ、しばし談笑《だんしょう》。

そうしているうちに、夜会の正式な開始時刻が訪れた。

大広間の片隅《かたすみ》に用意された鐘を、係員が数回鳴らし、夜会の開始を告げる。

同時に、公爵家を含《ふく》め、挨拶回りをしていた貴族達がそれぞれの待機位置へ戻《もど》る。

この参加者の移動が終わったことを、鐘の傍で確認《かくにん》した係員が跪《ひざまず》き、顔を伏《ふ》せる。

それを合図として、来場者も王族の席を向いて同じ行動をとった。

そして大広間、最上段の端《はし》。

分厚いカーテンで隠されていた扉《とびら》から、国王と王妃が腕《うで》を組み、粛々《しゅくしゅく》と入場。

2人がそれぞれに用意された席に座《すわ》ると、

「面を上げよ」

王の号令に従い、来場者は跪いたまま顔だけを上げた。

「皆《みな》の者、我は今年も無事にこの日を迎《むか》えられたこと、そしてこの国の未来と言っても過言ではない、若人達《わこうどたち》の顔を見られることをを心より嬉《うれ》しく思う。

さて、長い挨拶は若人達には退屈《たいくつ》であろうし、我も好まぬ。今宵《こよい》は料理と飲み物、他者との交流を存分に楽しむがいい。……各々、杯《さかずき》を持て！」

ここで来場者に、飲み物のグラスが配られ始めた。

しばし飲み物が会場の全体に行き渡《わた》るのを待って、国王は告げる。

「国と若人達の未来に！　乾杯《かんぱい》！」

杯を掲《かか》げる王に合わせ、来場者はグラスを掲げ、その中身を飲み干す。

こうして今宵の夜会が正式に始まる。

……そう、ここからが始まりなのだ。

「行くよ、エリア」

「はい、お父様」

公爵家の3人は、大広間を行き交《か》う給仕《きゅうじ》の係員にグラスを返却《へんきゃく》。その足で、国王陛下と王妃殿下《おうひでんか》への挨拶に向かう。

当然ながら、その一挙手一投足も来場者の注目を集め……目端《めはし》の利《き》かない者でも気づく。王妃の首に、真珠のネックレスがあることを。公爵家の３人が全員真珠のアクセサリーを身につけていることは、もはや周知の事実。

会場で真珠に興味を持っていた女性、そして女性にねだられた男達は、もしや、と考えた。その答えは、〝王妃からの礼〟という事実によって肯定《こうてい》された。

これにより、ジャミール公爵には今後、真珠を欲《ほっ》する貴族が擦《す》り寄っていくことだろう。そして、そういった貴族達との縁《えん》を深め、ただでさえ大きな影響力はさらに拡大する。

それを望まず、不快に思う貴族達もいる。たとえば先ほどラインハルトに声をかけられた、バルナルド伯爵。彼は公爵家と王家が親密だと明確に分かるやり取りから目をそらした瞬間《しゅんかん》、偶然にも自分の知る２人組の姿を捉《とら》えた。

それは、ラインハルトとの会話で名前の挙がった、ファーガットン子爵とダニエタン子爵。

自分と同じく、自領から人を送ったはずの２人が、顔を青くして何かを話し合っている。おそらく、考えていることは同じなのだろう。

伯爵はそう考えて、２人に声をかけた。

「ファーガットン子爵、ダニエタン子爵」

「ば、バルナルド伯爵！」

「お声がけ、ありがとうございます……」

「今は挨拶などいらん。それよりお前達、考えているのは例の件だろう？」

「は？　あ、いいえ、無関係ということはありませんが」

歯切れの悪いダニエタン子爵に苛立《いらだ》つが、夜会で騒《さわ》ぎ立てるわけにもいかない。

声を抑《おさ》えて問いただすと、代わりに答えたのはファーガットン子爵。

「それが、ここに来てから皆が我々の悪評を話題にしているのです」

「何？　我々というのは」

「伯爵が仰《おつしや》った〝例の件〟に関係する、我々です……」

この話を聞いた伯爵は、周囲の会話に耳をそばだてる。

「ねぇ、あなたご存じかしら？　ファーガットン子爵の浮気《うわき》のお話」

「そうだ、借金といえば、ダニエタン子爵は大変だそうですわね」

「私の息子が徴税官《ちようぜいかん》をしているのですが、ルフレッド男爵が脱税《だつぜい》をしているようで」

「ああ、聞きましたよ。セルジール子爵、地元では金と権力に任せて好き放題だとか」

「サンドリック伯爵はご領地に、随分と懇意《こんい》にしている商会があるそうですね」

「ジェロック男爵は毎晩のように女性のいるお店で遊び歩いているとか」

次から次へと、聞こえてくるのは同じ計画に参加した者達の悪評。さらに耳をすませば、自分の悪評も。しかも恥《は》ずかしさから隠していた些《さ》細《さい》な秘密から、裏で行なっていた悪事に関することまで、詳細《しょうさい》に話題にしているではないか。

「これは、どういうことだ、あの男から何も聞いてないのか」

「我々は何も、ただ、何者かが吹聴《ふいちょう》しているのは間違いないようです」

「しかし、それにしても話題の出所が多く……これではまるで、皆が競い合っているようじゃないか」

ファーガットン子爵の呟きを耳にした伯爵は、違和感の正体に気づいて愕然《がくぜん》とした。

確かに、周囲の貴族達が競い合うように、自分達の悪評を広めているのはおかしい。

だがそれ以上に、貴族達があけすけに会話をしているのが異常だった。

貴族同士の会話は、裏の読みあいが常。

下手《へた》な言質《げんち》を取られぬように、曖昧《あいまい》な言い回しを多用する。

無論、その匙加減《さじかげん》は時と場合、相手との関係によっても変わってくる。

しかし、他家の評判を下げるようなことを、このような公の場で不用意に口にすれば、その家の者に侮辱《ぶじょく》と受け取られる可能性もある。仮に侮辱ではなく事実だったとしても、禍根《かこん》を残す可能性が高い。

そんなことを、このような場で、ここまで明確に口にすることは、貴族同士の会話では〝ほとんど〟ない。

……ただし、例外もある。

そしてこの場の雰囲気《ふんいき》は、その例外が起きた場合の雰囲気に近い。

そこに思い立った伯爵の顔から、一気に血の気が引いた。

なぜならその例外となる時は、貴族としての終わりと同義。

どこかの家の不祥事《ふしょうじ》が発覚し、処分を受けたことが話題に上った時だ。

そこでは悪評も侮辱も許される。

度を越えていたとしても、よほどでなければ軽い注意ですむ。

なぜなら、不祥事を起こしたのは事実であり、処分を受けるような者が悪いのだから。

そして何よりも、貴族としての体面を汚《けが》した者には、もう何もできない。

たとえ命があろうと、名誉《めいよ》を重んじる貴族社会では相手にされなくなってしまう。

その時点で、貴族としては〝終わった〟も同然なのだから。

「ッ!!!」

自分達がそのような、終わった人間として扱《あつか》われている。

周囲から感じる視線が、いつも集めている視線とは異なっている。
否、そうなるように、ジャミール公爵が仕向けたのだ。
自分達の気づかぬうちに、どうやってか外堀《そとぼり》を埋《う》めていたのだ。
そう認識《にんしき》した伯爵の手足が震《ふる》えだした、その時だ。
国王が口にした言葉で、大広間が沸《わ》いた。
伯爵の耳には、国王の言葉は届いていなかった。
しかし、周囲にいる貴族達がすぐさま話題するので、否《いや》が応《おう》でも耳に入る。
〝国王陛下が、ジャミール公爵の献上《けんじょう》した真珠《しんじゅ》にお墨付《すみつ》きを与《あた》えた〟
それはすなわち、公爵の扱う真珠の価値がさらに高まったということ。
お墨付きを受けた真珠を欲する貴族達が擦り寄る、ということ。
公爵家の影響力《えいきょうりょく》が、さらに強くなるということ。
それは、今の伯爵にとって絶望でしかなかった。
いかに切り抜《ぬ》けるか、恥《はじ》も外聞もなく保身に走ることを考える。
しかし、助かる道が見つからない。
それこそ恥も外聞もなく、地に頭をこすり付けて許しを請《こ》うくらいだ。
これといった策は浮《う》かばず、理由にもならない言い訳ばかりが脳内を駆け巡る。

伯爵はもはや呆然《ぼうぜん》、といった出で立ちで、いつの間にか下を向いていた顔を上げる。
この時、偶然《ぐうぜん》にも挨拶を終えたラインハルトと、伯爵の目が合った。
「あ、ぁぁぁぁ……」
伯爵の目に映ったのは、笑顔のラインハルト。
2人の間に会話は一切《いっさい》なかった。しかし、それで伯爵は理解した。
先程《さきほど》、自分を追及しなかったのは、詰めが甘いからではないのだと。
もはや追及する意味もない。それほどに、既に自分は詰んでいるのだと。
それから先、夜会の間、伯爵は屍《しかばね》のようだった。
誰とも会話することなく、また、誰かに声をかけられることもなかった。

後日、伯爵や他の貴族家の不祥事が正式に、次々と表沙汰《おもてざた》になり、取り潰《つぶ》しや降爵処分になったという話題が貴族達の間で囁《ささや》かれることになるが……貴族達は特に驚くこともなく、さほど時間もかけずに話題にも上らなくなった……

特別書き下ろし・神々の会議と遺品の刀

ある日、異世界・セイルフォールの神界では、ガインの呼びかけで9柱の神々が集まり、円形のテーブルに沿って車座になっていた。

「何だよガイン、急に呼び出して。セーレリプタへの罰《ばつ》が途中《とちゅう》なんだぞ」

「ボクとしては助かったけど、確かにわざわざ招集をかける理由は気になるね。大抵《たいてい》のことなら会わなくても情報を送りあえば済むだろ？」

戦の女神《めがみ》・キリルエル、水の神・セーレリプタの2柱が、ガインに用件を問う。

するとガインはおもむろに、虚空《こくう》から黒く長い箱を取り出す。

『!!』

瞬時《しゅんじ》に、ガイン、クフォ、ルルティアを除く6柱の表情が険しくなり、視線が箱に集中する。

「おいおい……いったいどこから何を持ってきやがったんだ？」

「この禍々《まがまが》しい気配、いえ、おぞましい、というべきでしょうか？」

酒の神・テクンと大地の女神・ウィリエリスが箱から漏《も》れ出る気配に警戒《けいかい》を露《あらわ》にした。

ここで1柱、中身と出所を察したのが、学問の神であるフェルノベリアだった。

「ガイン、クフォ、ルルティア……地球の神と接触《せっしょく》したな？　おそらく下級の神と」

「よく分かったのぅ」

「その箱を見ればすぐに分かる。封印《ふういん》が施《ほどこ》されているようだが、使われている力の気配が我々の誰とも異なっている。お前達が頻繁《ひんぱん》に地球に行っていることを知っていれば、地球の神の力だと考えるのが道理。

加えてこの封印、中身の力を抑えきれず、綻《ほころ》びが生まれてきている。我々の力ならもう少しまともな封印が可能だろうし、ほとんどが我々より格上の地球の神々なら尚更《なおさら》だ。わざと中途半端《ちゅうとはんぱ》な封印をする意味もない。

そうなると必然的に、この封印を施したのは、地球の神。ただし我々より力を持たない、下級の神という結論に至る」

「うむ、説明助かった。まぁその通りじゃ」

ガイン、そしてここからはクフォとルルティアも加わり、地球の神界であったことを説明。

地球の神界の現状や、セイルフォールへの魔力譲渡《まりょくじょうと》を行っていた〝地球の神〟改め〝古き神〃または〝名もなき神〃について。そして何より、目の前にある箱について。

「ふーむ……その、名もなき神、とやらの目的やら、向こうの神界の対応やら、気になることは色々あるけれども、とりあえずはこの箱の中身さなんとかするべ」

農業の神・グリンプの言葉に神々は頷《うなず》く。

「それで、この中身はリョウマ君のお父上の遺品であり、遺作の刀と短刀なんですね？」

「うむ。まずはどの程度のものか、テクンに調べてもらいたい」

「ま、当然そうなるわな。貸してみろ」

技術と職人の神でもあるテクンは箱を受け取ると、普段《ふだん》の豪快《ごうかい》さはどこへいったか、慎重《しんちょう》な手つきで刀を取り出した。

「ッ!!　こいつは……」

保存用の白鞘《しろさや》から引き抜かれた刃《やいば》は、怪《あや》しげな美しさで人間の心を引き寄せ、狂《くる》わせる。

そんな刃をテクンは一分ほどじっくりと、様々な角度から眺《なが》めた。

「……見事なもんだ。材料は1つを除いて特別なものじゃねぇ。ただ、熱する温度、打つ回数、折り返し鍛錬《たんれん》の回数、焼入れの温度から冷ます水の温度……そういった手順の1つ1つを徹底的《てっていてき》に研究して体に叩《たた》きこんだんだろうな……全てが理想的なバランスで噛《か》み合ってる、って言えば分かるか？　とにかく刀としては、最上級の一品だ」

「テクンが認めるほどの刀なのは分かった、しかし特別な素材って何だべ？」

「ああ……こいつを作ったリョウマの親父《おやじ》、本人の〝魂《たましい》〟だよ」

残念だ、という意思を隠さずにテクンが告げると、それを聞いた神々も渋《しぶ》い顔になる。

「こいつを打ったリョウマの親父は、間違いなく世界最高の域にいる刀鍛冶《かたなかじ》だ。それでいて、熱意が尽《つ》きず、常に更《さら》なる技術を追求する。そんな奴《やつ》だから、できちまったんだろうな……ただでさえ強度、切れ味、見た目、全てにおいて最高の一品を〝下地〟として、自分の魂とありったけの力を上乗せしてるな。

この上乗せ部分については俺《おれ》も大体は分かるが、フェルノベリア、お前の方が詳《くわ》しいだろ」

テクンはそう言って、箱ごと中に残っていた短刀をテーブルの中心へ。

フェルノベリアはそれを無言で受け取ると、手訓と同じように鞘から抜いて観察する。

「……なるほど。確かに生贄《いけにえ》の儀式《ぎしき》に近いものがあるな。無意識にだと思われるが、強すぎる想《おも》いに体内の魔力《まりょく》が反応し、無意識に魂を削《けず》り、呪《のろ》いに近い手法で刀の性能を飛躍的《ひやくてき》に高めている。人間を魅了《みりょう》する力については、日本刀が美術品としても扱われているからだな。副作用のようなものだ。

日本刀に関する言葉に〝折れず、曲がらず、よく切れる〟というものがあるそうだな？

おおかたこれを打ったリョウマの父とやらは、この2本に自分の持てる全てを注《そそ》ぎ込み、その理想を体現させようとしたのだろう。名刀の切れ味に加えて、〝不壊《ふえ》〟と〝万物切断《ばんぶつ》〟と呼ぶに相応《ふさわ》しい力が宿っている」

「なにそれぇ、壊《こわ》れないし何でも切れるってことぉ？」

「そう表現して差し支《つか》えないだろう。〝不壊〟は刀の強度の概念《がいねん》に関する力。どれほど粗《そ》雑《ざつ》に扱おうと、人の力では刃こぼれひとつしないだろうし、何年放置しても錆《さび》が浮くこともあるまい。

対して〝万物切断〟は切断という概念に関する力だな。切れ味が高められていることに加えて、アンデッド系などの霊体《れいたい》のみの魔獣《まじゅう》や魔法《まほう》も捉え、切断できる。使用者の腕によっては、我々のような神ですら斬《き》れるかもしれん」

「嘘《うそ》だろ⁉　神を傷つけられる武器なんて、伝説に残るような代物《しろもの》じゃん」

「そうなる可能性はある。とにかく人間の作った武器としては破格の性能だ。過程はともかく、これを作った職人の腕は素直《すなお》に賞賛しよう」

キリルエルの驚きも無理はない。

この刀を持ち帰ってきたガイン達でさえ、それほどの物だとは考えていなかった。

そこまでの領域に到達《とうたつ》できる人間というのは、神からしても稀有《けう》な存在であるからだ。

「むぅ……では、この刀はどうすべきだろうか？　地球の神は、元々リョウマ君が持っていたものじゃし、リョウマ君へと言っていた。タイミングはこちらに一任する、ということだったので、与えないという選択肢《せんたくし》もあるぞ」

「僕《ぼく》はリョウマ君に送ってあげたいかな、一応親の形見なんだし」

「私もクフォに賛成ね」

「……誰かに与えるとしたら、彼《かれ》以上に適した人物はいないでしょう」

「そもそも、リョウマ以外の人間に与える理由がないべ。ただ気になるのは、こんな危険物を下界に送っていいのかっちゅうことだが」

「ん～、ボクとしてはぁ、神でも傷つけられるような武器、身近に置いておきたくないなぁ、って感じ？　神界に置いておくよりも、下界に送った方が安全じゃない？　下界なら魔獣相手にいくらでも使い道がありそうだし」

「まぁ、破格の性能とはいっても、刀だしな。持ったら誰でも関係なく何十万人を殺せる、とかそういう能力があるわけじゃないんだろ？」

「確かに所有者を強化するような力はない。あくまでも刀としての性能を、純粋に追求した結果、妖刀化したというだけではある。

しかし、それでも危険なものは危険だ。安易な決定はすべきでない。下界に送るにしても、慎重にすべきだ。それまでは強固な封印を施して、神界で管理すればいいだろう」

「だったら俺が、まずその刀を封《ふう》じる新しい鞘を、いや、刀身以外を全部拵《こしら》えてやろう。リョウマに送るにしても、ここで管理するにしても、ちゃんとした封印は必要だと思うが、どうだ？」

ガインの問いかけに、車座になった神々がそれぞれの意見を口にした。

そして最後に出たテクンの提案には、全員が納得《なっとく》を示す。

「テクン。封印を頼《たの》めるかね？」

「俺から提案したことだ、やってやるよ」

「では、封印は任せよう。それまでこの2本はテクンの預かりとする。また封印の完成後の扱いについては保留。リョウマ君の様子も見つつ、各々で考えてくれ。いずれまた決を採るのでな」

こうして神々の会議は終わり、

「んじゃ行くぞ！」

「ぐえっ⁉　ちょっと待ってぇぇぇぇぇぇぇ……」

会場には罰の続きを受けるセーレリプタの悲鳴が響《ひび》き、やがて消えていくのだった……

あとがき

こんにちは、〝神達に拾われた男〟作者のＲｏｙです！

読者の皆様、「神達に拾われた男　11」のご購入ありがとうございました！

前回、10巻の発売が２０２０年の12月22日ということなので、およそ1年ぶりの新刊発売になりますね。待っていてくださった皆様、大変お待たせいたしました！

気づけば今年で私の執筆活動も8年目。当然それだけ〝歳をとった〟ということでもあり、健康に気をつけなければならない年齢になってきたことを、最近はリアルに感じるようになりました……皆様もどうか、お体にはお気をつけください。

さて、今回は前回に続きまして、ギムルの街の大騒動についてのお話。

竜馬は頼りになる援軍と協力し、様々な対応を進めた結果が少しづつ出てきている様子。

さらにギムルの街からは遠く離れた〝王都〟では、敵側の貴族を牽制、または排除に動く公爵家の人々。

ですが、その一方で、竜馬の周囲になにやら不穏な気配あり。さらに敵側の貴族は、このまま黙って消えることを良しとせず……

このまま問題解決かと思いきや、もう一波乱ありそうな気配が迫る中、仲間を信じ、日常を大切に生きる竜馬。はたして彼は無事に、本当の平穏を取り戻すことができるのか？　そして、その過程と日々で、竜馬はいったい何を感じ、どう考えるのか？

巻末書き下ろしの、神々の会話も含めて、色々な物事が大きく動きつつある11巻。楽しんでいただけたら、そして続きが読みたいと思っていただけたら幸いです。

小説第③巻は2022年1月発売！
週刊少年マガジン公式アプリ
「マガポケ」にて
好評連載中!!
作画 大前貴史
原作 明鏡シスイ
キャラクター原案 tef
信じていた仲間達にダンジョン奥地で殺されかけたが
ギフト『無限ガチャ』
レベル9999
元パーティーメンバーと世界に復讐&
作画：大前 貴史
原作：明鏡シスイ キャラクター原案：tef
コミックス①巻も
好評発売中！

信じていた仲間達にダンジョン奥地で殺されかけたが
ギフト『無限ガチャ』で
レベル9999の仲間達を
手に入れて
元パーティーメンバーと世界に復讐&
『ざまぁ!』します!
「小説家になろう」
四半期総合ランキング
第1位
(2020年7月9日時点)
①～②巻
好評発売中!!
レベル9999で
圧倒的無双!!!!!!
明鏡シスイ
イラスト/tef

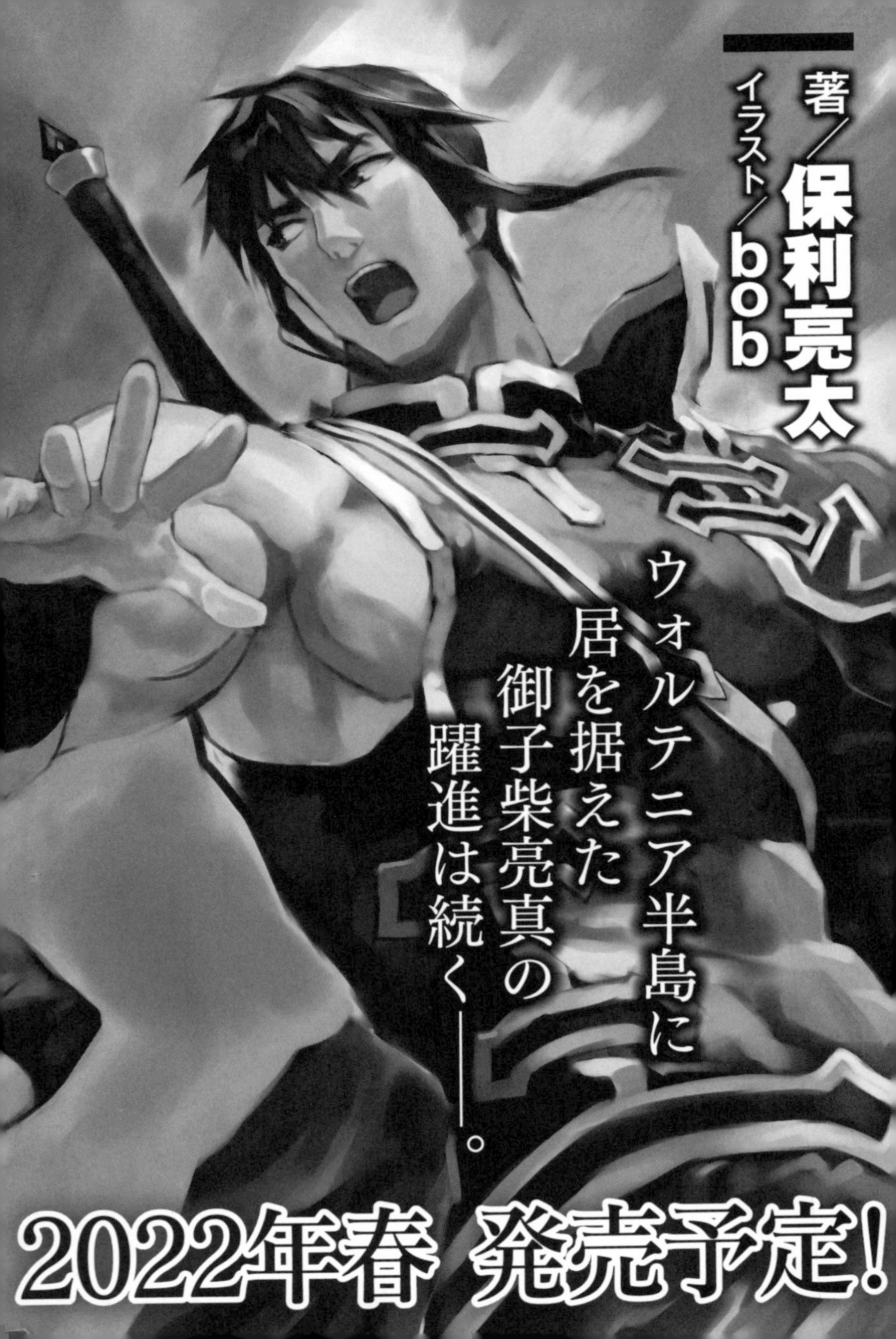
著／保利亮太
イラスト／bob
ウォルテニア半島に
居を据えた
御子柴亮真の
躍進は続く――。
2022年春　発売予定！

コミック版も好評連載中！
漫画：八木ゆかり
原作：保利亮太
キャラクター原案：bob
コミックス
①～⑦巻発売中!!
コミックファイア公式サイト
https://firecross.jp/comic
ウォルテニア戦記XXI

コミカライズも連載中の
スナイパー英雄譚！
著／かたなかじ
イラスト／赤井てら
漫画：瀬菜モナコ
原作：かたなかじ
キャラクター原案：赤井てら
発売予定!!

魔眼と弾丸を使って
異世界をぶち抜く!
第13巻 2022年春

HJ NOVELS
HJN27-11

神達に拾われた男 11

2021年12月18日　初版発行

著者――Roy

発行者―松下大介
発行所―株式会社ホビージャパン
〒151-0053
東京都渋谷区代々木2-15-8
電話　03(5304)7604（編集）
03(5304)9112（営業）

印刷所――大日本印刷株式会社

装丁――coil／株式会社エストール

ISBN978-4-7986-2667-3　C0076